Cuando era divertido

CUANDO
ERA DIVERTIDO

Eloy Moreno

Penguin
Random House
Grupo Editorial

Primera edición: noviembre de 2022
Primera reimpresión: noviembre de 2022

© 2022, Eloy Moreno
© 2022, Penguin Random House Grupo Editorial, S. A. U.
Travessera de Gràcia, 47-49. 08021 Barcelona

Printed in Spain – Impreso en España

ISBN: 978-84-666-7330-3
Depósito legal: B-16.682-2022

Compuesto en Llibresimes

Impreso en Rodesa
Villatuerta (Navarra)

BS 7 3 3 0 B

AVISO

Querido lector, querida lectora, la novela que estás a punto
de iniciar es un historia incómoda.

**Una historia que no es adecuada para todas las edades.
Ni siquiera para todos los lectores.**

Al leerla puede que te encuentres a esos fantasmas que
siempre han estado a tu lado pero que no has querido ver.
Pero también es posible que ocurra lo contrario:
que salgas de aquí con la felicidad de quien
sabe valorar lo que tiene.

BANDA SONORA

Pensé que sería bonito compartir con vosotros la banda sonora de *Cuando era divertido*, por eso he creado una lista en Spotify con las principales canciones que estuvieron sonando mientras escribía esta novela.

Os dejo el nombre de la lista y un enlace QR por si os apetece escucharla mientras leéis el libro.

La lista se llama
Eloy Moreno (BSO Cuando era divertido)

Te he dejado en el sillón
las pinturas y una historia en blanco.
No hay principio ni final
solo lo que quieras ir contando.

Al respirar
Vetusta Morla

Comienza a nevar sobre la piel de una ciudad cualquiera. De momento solo son pequeños copos que se deshacen en el mismo instante en que acarician el suelo pero que, poco a poco, al acumularse, serán capaces de dibujar el frío en las calles.

En el interior de un parque de esa misma ciudad, en una zona no demasiado iluminada, permanece una pareja de adolescentes. Sus dos cuerpos se mueven de forma acompasada. Es él quien empuja; es ella quien, de vez en cuando, emite pequeños gritos que se desvanecen entre la noche, la oscuridad y los árboles que los ocultan.

Así permanecerán durante muchos minutos sin darle importancia a la nieve que va cubriendo sus cuerpos. Quizás sea cierto eso de que el frío llega con la edad.

*   *   *

La rutina es otra forma de morir.

Anónimo

La nieve va cubriendo la zona del parque donde dos adolescentes continúan columpiándose: él vuelve a empujarla con fuerza, ella grita cada vez que sube hacia el cielo entre los copos que le van cayendo alrededor. De vez en cuando abre la boca para intentar atrapar alguno de ellos con la lengua, aunque lo único que consigue es helarse el rostro. Sonríe.

De pronto, sin previo aviso, salta del columpio y se queda de pie en medio de una alfombra blanca. Observa el paisaje que le rodea y descubre un pequeño rincón donde puede conseguir lo que se propone.

Se acerca corriendo, se agacha y coge un poco de nieve, la cantidad suficiente para hacer una pequeña bola con sus manos. Se gira y se la lanza a su pareja desde lejos.

No le da, ni siquiera le pasa cerca, pero consigue el efecto que desea: él comienza a correr en su dirección.

Y ella huye sin prisa, y salta una cerca de pocos centímetros con la intención de subir por un pequeño montícu-lo rodeado de arbustos. Tropieza y cae sobre un césped helado.

Y él se tira encima.

Y caen rodando.

Y ambos se mojan.

Y ambos se ensucian.

Y a ninguno de ellos le importa.

Y eso es importante.

Y ahí, en el suelo, se abrazan como náufrago y salvavidas, como lo hace el miedo a la esperanza; con tanta fuerza que nadie podría distinguir en qué momento acaba el cuerpo de uno y en qué momento empieza el del otro.

Y se vuelven a besar.

Y es en el mezclar de sus lenguas, de sus salivas, cuando él mueve las manos para acariciar, con cuidado, los pechos de ella por encima de la ropa.

Y los aprieta.

Y ella se muerde el labio.

Y con el frío sobre sus cuerpos, construyen un beso eterno que a la vez son mil besos.

Un beso de esos de relación a estrenar,

de los que arrastran amor y deseo;

de los de víspera de sexo.

Mientras sus bocas juegan a morderse, son las manos de ambos las que buscan un atajo para llegar hasta la piel del otro a través de toda la ropa que llevan. Algo prácticamente imposible.

Y así, durante esa eternidad que a veces cabe en un instante, dos cuerpos continúan amándose sin darse cuenta de que alguien les podría estar observando.

* * *

Desde la pequeña terraza de un cuarto piso de un edificio cercano, un rostro lleva minutos observando cómo la ciudad es devorada lentamente por la noche.

Su mirada ha ido recorriendo cada uno de los hogares que hay alrededor, imaginando qué historias se pueden esconder en ellos, soñando con convertirse en alguna de las vidas que habitan allí y así poder escapar de su castillo.

En el repaso a las ventanas del vecindario su mirada ha llegado hasta el parque que hay a unos metros, a la derecha. Desde su posición ha ido revisando cada pequeño espacio del mismo hasta que se ha fijado en un punto concreto: justo ese donde están los columpios; justo ese donde cada noche se esconden tantas parejas.

Hoy también hay dos adolescentes allí, abrazados sobre el césped. No puede verlos en detalle pero se los imagina hablándose con cariño, acariciándose la vida, siéndolo todo el uno para el otro, olvidándose por un momento del mundo...

Se queda varios minutos con la mirada fija en ellos hasta que escucha un ruido en el interior de su propio hogar. Se gira bruscamente para comprobar si ha ocurrido algo.

Abre la puerta de la terraza que da acceso al comedor y se asoma: el cuerpo que hay sobre el sofá sigue ahí, en el mismo lugar de siempre, desde hace tanto tiempo... Lo vigila desde la distancia: no se mueve.

Suspira.

Vuelve a salir a la terraza intentando localizar de nuevo a los dos adolescentes.

* * *

La pareja continúa besándose en el suelo: se miran casi haciéndose daño. No hacen falta palabras para entender lo que quieren. Él se levanta y le alarga el brazo para tenerla a su lado. Y así, ambos ya en pie, se aprietan las manos con tanta fuerza que sus dedos parecen raíces.

Cruzan la calle en dirección a un portal que está a unos pocos metros. Un portal que ambos conocen muy bien, porque es el lugar que cada noche se convierte en frontera del placer. Allí es donde se separan los caminos de dos vidas demasiado jóvenes para vivir juntas, pero demasiado adultas para alimentarse solo de besos.

Ese portal es donde el carruaje se convierte en calabaza, donde a ella le gustaría perder los zapatos; ese portal es el reloj que siempre marca las doce. Pero hoy ha llegado el momento de dejar de creer en los cuentos. Y en lugar de, como cada noche, alargar la despedida con besos y tactos que nunca llegan a nada más, la chica —nerviosa— saca la llave del bolso, la introduce en la puerta y, tras varios intentos, la abre.

Él la mira sorprendido.

Y ambos, casi atropellándose, casi pidiéndose permiso y perdón a la vez, entran en un portal que a esas horas de la noche duerme.

* * *

El rostro que continúa observando la ciudad desde una terraza traslada su mirada del parque al portal que está justo enfrente.

Y sonríe.

Sonríe porque sabe que el cuento va a acabar demasiado pronto.

*　*　*

La pareja accede al portal. Un portal que ella conoce de memoria porque es donde vive con sus padres.

Entran con las manos unidas, mirando un alrededor en silencio, vacío, asumiendo que a esas horas ya no vendrá nadie: porque nieva, porque es tarde y hace frío, mucho frío. Y porque ese primer momento debería ser solo suyo.

No han querido encender la luz, por eso, a oscuras, se empujan contra la pared, sin saber muy bien quién es el que empuja a quién.

Ambos cuerpos, a pesar del frío, sudan.

Ambos cuerpos, a pesar de conocerse, tiemblan.

Miran entre sombras el hueco de la escalera, hacia arriba: no hay nadie.

Y sienten cómo un imán invisible les obliga a unirse. Ambos se quitan las chaquetas.

Él, nervioso, desliza la mano por debajo del jersey de ella como tantas veces ha hecho en el cine, en el coche, en el parque, en algún garaje... Repasa toda su espalda, como ese explorador que sabe adónde quiere llegar, pero aun así le da miedo hacerlo. Va rodeando un cuerpo que tiembla con cada caricia hasta que consigue llegar a sus pechos. Y ahí, sobre el sujetador, los aprieta sin saber muy bien dónde está el límite entre la caricia y el dolor.

Ella se estremece con el tacto de unos dedos que, con más timidez que experiencia, la tocan. Pero hay algo más que ahora quiere sentir. Se lo pide con la mirada.

Él, torpemente, saca la mano de debajo del jersey y se desabrocha el cinturón. No lo hace bien, no lo hace a la primera. Ella intenta ayudar y, entre los dos, finalmente consiguen que el pantalón caiga al suelo.

Ahora es ella quien se quita también toda la ropa de su parte inferior.

Durante unos instantes ambos se miran tímidamente, como quien descubre un tesoro.

Ella, con las manos frías, le toca.

Y a él no le importa.

Y así, de pie ambos —quizás porque lo han visto en muchas películas—, él la coge en brazos, la sube y, torpemente, intentan unirse. No lo consiguen.

A pesar de que ambos han tenido alguna experiencia anterior, no han sido demasiadas, por eso son las dudas las que están dominando la situación.

Ella se baja, está nerviosa.

Él, también nervioso, la vuelve a coger para intentarlo de nuevo: tampoco.

Tiemblan los dos cuerpos, uno frente al otro.

Ella se aparta, está tensa y no permite la entrada.

Él ha dejado de estar preparado.

Se miran tristes, como si se les estuviera escapando la oportunidad de su vida.

Silencio.

Fuera sigue nevando, cada vez más fuerte.

Dentro hace cada vez más frío.

Ella le coge de la mano y le anima a sentarse en el suelo, a su lado. Y le besa lentamente, con el vaho de su respiración acariciándole cada poro del rostro. Continúa recorriendo con su boca la barbilla, rozándole con su lengua el cuello.

Suspira.

Le besa el pecho por encima del jersey, notando el calor de la ropa en su piel. Baja hasta el ombligo y ahí, ese beso infinito escapa en dirección sur, hacia su sexo.

Y la magia, a pesar del frío, a pesar de los nervios, a pesar de ser su primera vez juntos, aparece de nuevo.

La chica se tumba en un suelo helado, bocarriba, y abre lentamente las piernas.

Él se tumba sobre ella, con cuidado, incluso con miedo, no quiere que aquello deje de funcionar de nuevo.

Y ambos cuerpos se unen en un baile de placer.

Ella se siente Alicia,

él, la madriguera.

Y se olvidan de todo:

se olvidan del lugar,

del alrededor,

del tiempo,

del mundo,

de la vida...

Y cuando todo parece indicar que la magia es posible, cuando los dos cuerpos son solo uno, es cuando llega el sapo, la bruja, el malo...

* * *

Una de las vecinas de ese mismo edificio donde ellos están haciendo el amor por primera vez ha salido unos minutos antes a pasear al perro. Jamás lo hace tan tarde, pero siempre le ha gustado la nieve y hoy ha querido verla de cerca.

Apenas ha dado la vuelta a la manzana porque en realidad hace demasiado frío y las calles se están poniendo peligrosas: podría resbalar en cualquier momento. Por eso, tras unos quince minutos, la mujer, ya mayor, vuelve al portal. Introduce la llave para abrir con un pequeño sonido que ellos no oyen, quizás porque sus cuerpos han dejado de estar en el presente, quizás porque hay momentos en los que ciertos sentidos dejan de funcionar.

Es el perro el que, con un ladrido, rompe la magia.

Ambos se separan de forma brusca.

Ella se tapa instintivamente, él no sabe muy bien cómo subirse los pantalones; y con ellos en los tobillos comienza a correr hacia ningún sitio, como un ratón en una trampa.

La mujer no grita, solo mira. Porque quizás a esas edades ya hay pocas sorpresas.

El perro continúa ladrando.

La chica coge la ropa y, semidesnuda, corre escaleras arriba. Él, intentando subirse los pantalones, sale apresuradamente hacia la calle.

—Sé quién eres —le dice la mujer con más envidia que enfado.

El chico escapa por la puerta mientras el pequeño perro le persigue durante varios metros por la acera, intentando morderle la pierna.

* * *

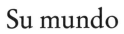

Su mundo

El rostro que está observando el portal desde una terraza sonríe, pero es una sonrisa que se desdibuja a los pocos segundos. Últimamente la alegría y la tristeza bailan junto a su cuerpo cambiando de pareja a cada momento.

Continuaría allí, observando las vidas del exterior durante el resto de su vida con tal de no volver a entrar en casa, pero ya se ha hecho tarde.

Cierra la puerta de la terraza con cuidado para no hacer demasiado ruido. Atraviesa el comedor en silencio, con los pies descalzos para no despertar a quien duerme en el sofá.

Llega hasta el pasillo y se dirige a la habitación donde hay un niño de cuatro años que también duerme.

Se sienta a su lado, en la cama, y se queda allí mirando su rostro durante varios minutos. Le acaricia lentamente el pelo, haciendo que su cabello pase entre sus dedos; le coge suavemente la mano, una mano pequeña, con uñas pequeñas, perfectamente colocadas. *El milagro del ser humano*, piensa.

Acerca su rostro al del niño y le da un beso con tanto cuidado que quizás ninguno de los dos lo haya notado.

Y es ahí, justo después de esa muestra de cariño, cuando una lágrima comienza a recorrerle la mejilla. Cada noche se promete no hacerlo, pero al final no puede evitarlo.

—¿Qué culpa tienes tú? —le susurra al pequeño apretándole la mano.

Y mientras intenta borrar la tristeza de su rostro mira con miedo hacia la puerta, pues teme que la otra persona que vive en el piso se acerque. Sería un momento demasiado incómodo, porque esa lágrima exigiría una explicación.

Permanece allí unos minutos más con su mano unida a la del niño hasta que oye un pequeño ruido que viene del comedor. Se levanta de golpe de la cama.

Sale de la habitación y se dirige al baño.

Allí intenta borrar con agua su tristeza, sin demasiado éxito. Levanta la cabeza y al mirarse de frente descubre un rostro que quiere sonreír en el espejo pero que es incapaz de hacerlo en la realidad. Lo intenta: fuerza sus músculos para arquear la boca simulando una sonrisa, pero su mente no le deja.

Sabe que en esos momentos siempre hay algo que le devuelve parte de la alegría, de hecho solo con pensarlo se le iluminan brevemente los ojos. Se mete la mano en el bolsillo en busca de su móvil... pero no está.

¡No está!, se grita en silencio.

Y comienza a temblar.

Mira desordenadamente hacia todos lados mientras sus manos tocan de forma compulsiva cada uno de los rincones de su ropa: no lo encuentra.

Sale del baño, casi corriendo, en dirección a la habitación del niño por si se le ha caído allí.

Mira sobre la cama: nada.

Se agacha por si se ha caído debajo: nada.

Mira por los muebles: nada.

¿Dónde está? ¿Dónde está?, se impacienta.

¿Y si ha cometido la torpeza de dejarlo en el comedor?

En sus pulmones deja de entrar aire.

Inspira lentamente, espira lentamente... Inspira lentamente de nuevo...

Espira de nuevo...

*   *   *

¿Y si estuviera en la cocina?, se pregunta.

Y respira esperanza.

Se acerca y recorre la encimera con la mirada. Y aunque en un primer momento no es capaz de verlo, finalmente lo descubre sobre la mesa. Alarga el brazo y lo coge como si fuera el último salvavidas de un naufragio.

Suspira.

Aún le tiembla el pulso, no se le ha ido el miedo.

En la pantalla no hay ninguna notificación. Aun así pone el código y mira en el interior por si acaso. Todo parece normal, nadie lo ha cogido.

Le quita el sonido y lo guarda en el bolsillo.

Se sienta y respira profundamente. Cuenta del diez al uno varias veces, hasta que va dejando de notar los latidos del corazón en cada parte de su piel.

Se levanta y se llena un vaso de agua.

Respira.

Se vuelve a sentar ya de una forma más tranquila.

Bebe un pequeño sorbo.

A los pocos minutos, cuando parece que tiene el miedo controlado se levanta, deja con cuidado el vaso en el fregadero y, con paso lento, se dirige al comedor para llegar hasta el sofá donde está sentada ahora mismo la persona con la que comparte su espacio.

* * *

Sobre un sofá de tres plazas dos personas viven tan cercanas en distancia como alejadas en pensamientos. Se pasan las noches, que a veces parecen años enteros, mirando hacia un gran televisor cuyo rumor les sirve para evitar conversaciones, sobre todo las suyas.

Es en ese momento del día, justo después de cenar, recoger la cocina y acostar al niño, cuando uno de ellos va descubriendo que donde creía tener un hogar solo hay una casa.

Ale y Ale, en lugar de sentarse juntos, lo hacen uno al lado del otro; en lugar de abrazar sus manos, luchan por, en un espacio tan reducido, no molestarse demasiado; en lugar de contarse sus vidas prefieren mantenerlas en silencio, porque, al menos en el caso de uno de los dos, su cabeza se está llenando de secretos. Unos secretos que pueden hundir ese barco que construyeron con tanta ilusión y que ahora flota sin rumbo, aunque flota.

Quizás porque una relación varada en el tiempo no se

hunde mientras no haya olas demasiado grandes, mientras no haya una tormenta que se lo lleve todo.

El problema es que uno nunca sabe en qué momento va a nacer esa tormenta, en qué momento la rutina se agrietará y dejará pasar los primeros rayos.

Y ahora, uno de los dos Ale ha comenzado a ver ya los relámpagos.

* * *

Cada noche, Ale y Ale, marido y mujer, miran hacia un mismo televisor pensando en cosas demasiado distintas. Uno de ellos ahora mismo tiene en la punta de la lengua la respuesta correcta del concurso que ven cada noche. La otra parte de la pareja piensa desde hace unas semanas en una persona que no es la que ahora mismo se sienta a su lado. Una persona que le hace sentir una ilusión que ya creía perdida.

Piensa, mientras se muerde los labios, en todos los momentos nuevos que está viviendo: conversaciones serias que acababan en sonrisas; el rozar accidental de sus manos al coger el vaso de café de la máquina; las miradas a escondidas entre todos los compañeros de trabajo; esas pequeñas bromas de ordenador a ordenador, de móvil a móvil; esas coincidencias buscadas en el interior del ascensor...

Todos esos pensamientos le golpean en una conciencia cada vez más débil, más difusa; una conciencia que ya no es capaz de distinguir la frontera entre el intento y el engaño.

Mira a su pareja pensando a cuántos pensamientos se encuentra la infidelidad.

Ahora mismo es incapaz de diferenciar entre deseos y sentimientos, porque ambos se mezclan de la misma forma en que lo hacen la sal y la herida: generando dolor.

Y aun así, aun a pesar del caos que tiene en la mente, acerca su mano a su pareja que la acoge sin pensar, sin dejar de mirar al televisor porque asume que todo sigue estando igual: estable.

—La sabía, la sabía —le dice sonriendo, apretando su mano.

—¿La pregunta?

—Sí, creo que esta noche me las sabía casi todas.

—Vaya... genial. ¿Podrías apuntarte un día? —le dice mientras intenta disimular un bostezo.

—No, no, qué va, es muy fácil acertar desde aquí, desde el sofá, desde casa. Pero después ahí... ahí seguro que no me saldría ninguna respuesta, nada.

Continúan viendo el concurso.

—Yo ya tengo mucho sueño... se me están cerrando los ojos —dice Ale intentando aguantar un nuevo bostezo.

—Claro, claro. Espera que creo que le quedan dos minutos y ya nos vamos a dormir... —le dice sin dejar de mirar la televisión.

Y Ale, lentamente, se acurruca junto a Ale, buscando el calor del afecto, porque sabe que ya no encontrarán el fuego del sexo, porque no lo buscan, porque ninguno lo pide.

Y así ella y él, él y ella seguirán dejando pasar el tiempo

en el interior de un abrazo donde uno de los dos cree encontrar amor y el otro se está dando cuenta de que solo queda cariño.

*   *   *

Ale y Ale se acomodan el uno contra el otro, y esa es la palabra que define una relación que solo huele a pasado. Ambos cómodos, porque en eso ha quedado toda la vida que compartieron: en dos cuerpos que se resignan a viajar en un barco que no llega a ninguna parte.

Uno de ellos vuelve a recordar en el interior de su mente —y en alguna que otra zona de su cuerpo— el momento en que ha rozado sus manos con otras manos.

—¿Vamos a la cama? —pregunta de nuevo Ale al ver que el concurso ha acabado.

—Claro, claro —contesta Ale.

Ambos saben que hace mucho tiempo que ese *¿vamos a la cama?* no significa nada más, porque hay cosas que, con el tiempo, se van dejando en cualquier rincón de la casa...

Llegan a la habitación y, tras un beso y un buenas noches, se acuestan espalda contra espalda, mirando hacia universos contrarios.

Uno de los dos comienza a imaginar cómo sería el trayecto de su mano sobre un cuerpo nuevo; qué camino escogerían sus dedos para recorrer una piel desconocida, a qué distancia sus labios no podrían evitar rozar una boca nueva, si sería capaz de llegar más lejos...

La otra parte se duerme ignorando la tormenta que se está formando justo al lado.

* * *

20 años antes

Dos cuerpos llevan varios minutos observándose desde la distancia, entre la música y las luces de una pequeña discoteca: una sonrisa, un pequeño saludo con la mano, una mirada directa a los ojos...

Él tiene 21 años, ella 20.

Él lleva más de un año en una relación a distancia que no le llena: apenas se ven una vez al mes y cuando lo hacen solo es para compartir reproches. Ella lleva un poco más, dos años, con una relación que ya fue rutinaria nada más empezar y en la que ahora solo queda aburrimiento.

Y aun así, ambos han continuado sus respectivas relaciones hasta ahora, porque al menos tenían a alguien con quien de vez en cuando ir al cine, a la playa, con quien salir a cenar..., porque se habían acostumbrado.

Ambos saben también que más pronto que tarde esas relaciones acabarán por dejar paso a otras. Quién sabe si ocurrirá esa misma noche, quién sabe si será por esas miradas que atraviesan la pista de baile, por esas sonrisas que se atraen desde la distancia.

Finalmente, tras más de una hora jugando a buscarse, es Ale quien se acerca.

* * *

Son casi las tres de la madrugada y, como ocurre desde hace ya muchos días, uno de los dos cuerpos no es capaz de dormir: se pasa las horas mirando al techo.

Lentamente, intentando no despertar a quien duerme a su lado, se levanta. Se dirige a la cocina, bebe algo de agua y va hacia el sofá del salón. Allí se sienta a oscuras observando la nada.

Piensa en lo ocurrido hoy en el trabajo: en ese momento en que se han rozado las manos. Solo ha sido eso, un pequeño instante en el que dos dedos se han tocado, pero le ha generado el placer suficiente para estar sonriendo durante todo el día.

Sabe también que esa ilusión tiene un precio y que, antes o después, habrá que pagarlo.

Deja pasar los minutos en el sofá haciéndose preguntas a las que no encuentra respuestas:

¿Cómo le gano a los sentimientos?

¿Cómo evito enamorarme?

¿Cómo puedo olvidar la ilusión?

¿Cómo puedo ser feliz sin hacer daño a nadie?

Tras casi una hora de monólogo estéril regresa a la cama donde su pareja continúa durmiendo.

Se acuesta a su lado con cuidado de no tocarse. Mira su rostro con ternura, con cariño, pero también con tristeza.

Y comienza a recordar los inicios.

*   *   *

20 años antes. En una discoteca

—Hola —dice un chico que se acerca con tanta ilusión como inseguridad a una chica a la que ha estado mirando desde hace un rato.

—Hola —contesta ella mientras le sonríe.

Y de pronto, ahí, frente a frente, después de estar tantos minutos buscándose, no saben qué decirse.

—¿Nos conocemos? —dice él por decir algo.

—No, no lo creo —contesta ella.

Silencio.

—Como me estabas mirando... —insiste él.

—Te miraba porque me estabas mirando tú a mí...

Y sonríen los dos.

—¿Cómo te llamas? —pregunta.

—Alejandra, pero todos me llaman Ale —le dice, e inmediatamente bebe un trago, como si la copa le sirviera de escudo.

En ese momento el chico comienza a reír.

—Vaya, ¿qué te hace tanta gracia? —contesta ella sin comprender muy bien qué está pasando.

—No, no, perdona... —se disculpa—. Es que yo me llamo Alejandro y a que no te imaginas cómo me llaman mis amigos...

—¡Ale! —contesta ella riendo.

—Síí —y se miran, y ríen de nuevo.

—Pues brindemos por ello.

Juntaron sus copas y la conversación fue fluyendo a través de nuevas preguntas: ¿De dónde eres?, ¿cuántos años tienes?, ¿vives aquí?, ¿estás estudiando?...

Risas, anécdotas, pequeñas confesiones... hasta que llegó la pregunta que realmente importaba.

—¿Tienes novio? —le preguntó él.

—¿Y tú? ¿Tienes novia? —fue la respuesta.

Y ambos casi mintieron.

—Lo estamos dejando.

—Nosotros también.

Y aquellas dos vidas, por alguna extraña razón del destino, conectaron. Quizás porque ella necesitaba a alguien que le hiciera reír, quizás porque él necesitaba a alguien con quien sonreír.

Fue una noche larga, muy larga, donde hablaron durante horas, donde las sonrisas aparecían por arte de magia en cada frase.

Acabaron, ya casi amaneciendo, en una pequeña cafetería de esas que abren antes de que salga el sol. Allí, con un café cada uno continuaron riendo, echándose de menos antes de irse.

Se despidieron con un beso en la boca. Y fue justo en ese momento cuando supieron que sus relaciones anteriores habían acabado.

Aquel fue el primer día de una vida juntos: de paseos infinitos cogidos de la mano, de ir al cine y salir sin saber qué película habían visto; de noches de sexo en el coche, en la playa, en la casa de los padres de él, en la casa de los padres de ella; de parques de atracciones, de viajes en tren sin dinero, de noches en tiendas de campaña; de pasar noches hablando horas y horas, dejando el móvil encendido hasta que uno de los dos se dormía...

Fue así como dos vidas totalmente desconocidas se convirtieron en inseparables.

* * *

Aún no ha sonado el despertador pero Ale ya hace horas que no duerme. Últimamente al abrir los ojos se hace siempre la misma pregunta: *¿quién es esa persona que está a mi lado?*

Observa la respiración de un cuerpo que cada día le parece más ajeno; un cuerpo que ha ido cambiado con el tiempo; un cuerpo que ya no le atrae... De hecho podría decir que hay momentos que siente incluso rechazo, como si la persona que duerme a su lado fuera ya un órgano extraño en su vida.

Observa el ir y venir de su pecho al respirar. Un respirar que la mayoría de las veces genera sonidos que le son molestos, que no le dejan dormir. Se da cuenta de todos esos pequeños detalles que le encantaban al principio y ahora detesta. Observa sus manos, sus brazos desnudos, esas tres pecas sobre la ceja, la marca en la barbilla, la pequeña cicatriz del cuello...

Recuerda las noches en que se dormían con las manos juntas, las veces que uno de los dos se subía a la cama y comenzaba a cantar en voz alta, aquellas guerras de almohadas nada más despertar, los mordiscos en las orejas... ¿por qué dejaron de hacerlo?

Suena el despertador.

Ale, a su lado, abre los ojos y con una sonrisa le dice un *buenos días* que duele.

Duele porque son las mismas palabras de siempre, con la misma entonación, a la misma velocidad, pronunciadas sin mirar, sin esperar respuesta... tres palabras que podrían estar grabadas en la alarma del despertador.

El cuerpo que ha hablado bosteza como siempre, estira los brazos hacia arriba, se levanta mirando la ventana, abre un poco las cortinas y, sin apenas decir nada más, se va directo al baño.

El cuerpo que observa también hará lo mismo de siempre. Abrirá el armario, seleccionará la ropa y esperará que su pareja salga del baño para entrar. Ya nunca coinciden allí dentro.

Después vendrá todo lo demás: el niño, el desayuno, recoger la cocina, ir al trabajo...

—Recuerda que esta noche hemos quedado con Marta y Carlos —dice Ale mientras se prepara el café hurgando con la cuchara en el fondo del envase, algo que su pareja detesta.

—Ah, sí. ¿El niño al final se queda con tu madre? —pregunta Ale mientras le pone los zapatos a su hijo.

—Claro, claro, lo podemos dejar con ella, ya se lo dije. Y ya sabes, encantada...

Tras un desayuno breve uno de ellos se lleva, como cada día, al pequeño. Aprovechará el viaje al trabajo para dejarlo en la escuela.

Ale siempre se queda uno poco más en casa, haciendo tiempo porque entra más tarde a trabajar. Un tiempo que aprovecha para recoger la cocina y prepararse ese café a solas que le hace tan feliz cada mañana: su pequeño momento.

Con la taza caliente entre las manos sale a la terraza y allí se asoma a una barandilla desde la que observa todas las vidas que se mueven a su alrededor. Sabe que, como en una coreografía de cuerpos, en unos minutos aparecerá la misma mujer de siempre con el mismo uniforme de siempre por la esquina; en breve cruzará justo por la esquina contraria un anciano con unas zapatillas deportivas y una ropa demasiado ajustada; al momento un matrimonio se sentará en una de las mesas de la pequeña terraza del restaurante, pedirán un café con leche y un cortado y durante varios minutos no se dirigirán la palabra... Y también verá a una madre paseando a su bebé en el carro, algún repartidor, la chica de siempre yendo son su monopatín a toda velocidad por la acera, varios grupos de adolescentes en dirección a la parada del autobús...

* * *

Justo por esa misma esquina, cada día, sobre las ocho de la mañana, aparece un chico que siempre anda nervioso: mordiéndose las uñas y mirando al suelo. Camina siempre sin levantar la vista y recorre la acera hasta llegar a un portal de color gris. Una vez allí se queda parado delante de los timbres, pero nunca pulsa ninguno. En lugar de eso, simplemente espera.

A los pocos segundos una chica abrirá la puerta y saldrá a la calle. Y lo primero que hará será abalanzarse sobre él dándole un beso de los que nunca se acaban.

Se abrazarán, se volverán a besar y se dirán *te quiero* tantas veces que les faltará saliva. Finalmente, cogidos de la mano, desaparecerán calle arriba en dirección a la parada del autobús que les llevará a la universidad.

Esa misma rutina es la que ocurre siempre a las ocho de la mañana, pero hoy algo ha cambiado.

El chico, en lugar de ir a portal, ha cruzado la calle intentando no resbalar con la nieve en dirección al parque. Ha llegado a la zona de los columpios y una vez ahí ha comenzado a mirar de forma nerviosa. Cuando se ha cerciorado de que nadie le observaba desde los edificios de alrededor, ha sacado una navaja del bolsillo y se ha dirigido a un pequeño rincón del parque rodeado de árboles donde nadie puede verlo. Un rincón invisible incluso para la gente que se asoma a las terrazas de los edificios de alrededor.

Dos minutos más tarde ha salido guardándose de nuevo la navaja en el bolsillo. Y en lugar de ir hacia el portal como cada mañana, se ha dirigido a los columpios.

Ha limpiado como ha podido la nieve de uno de ellos y se ha sentado en él.

* * *

Ale permanece en la terraza tomándose su café de cada mañana, despacio, saboreándolo, disfrutando de ese pequeño momento de soledad. Continúa observando el resto de las vidas que pasan por la calle: un hombre mayor que, con una barba de mil días, vuelve de comprar el pan y que siempre arranca la punta para saborearla durante el camino de vuelta; un hombre de mediana edad que pasea a su perro, lo suele llevar hasta el parque y allí, una vez que el animal hace sus necesidades, con una pequeña bolsa y una expresión de asco recoge delicadamente los excrementos para depositarlos en la papelera; una madre que lleva de la mano a su hija pequeña a una ludoteca infantil antes de que comiencen las clases; un grupo de trabajadores que siempre quedan en la puerta de un pequeño bar para tomar el primer café del día; dos mujeres mayores que arrastran un carro cada una en dirección al mercado... la vida en movimiento.

Y como siempre, tras ese repaso de vidas, la mirada de Ale se dirige al portal de enfrente.

La chica que acaba de salir por el portal está entre asustada y sorprendida, pues hoy hay algo que ha alterado su maravillosa rutina. *¿Dónde está?*, se pregunta.

Mira a todos lados, impaciente, y las ganas y los nervios no le permiten ver nada. Dirige su mirada hacia el parque y, tras unos segundos, sonríe.

Y corre.

Corre con la mochila a cuestas sobre la nieve, hundiendo sus pies casi en cada paso. Cruza sin apenas mirar la calle en dirección a los columpios.

Allí permanece un chico que hoy no ha ido hasta el portal, quizás por vergüenza a que la mujer que los sorprendió el día anterior aparezca de nuevo.

Llega, a pesar del frío, sudando.

Y se abrazan.

Y se besan.

Y se aman.

Y él la coge y la sube al columpio.

Y como en tantas ocasiones, se pone detrás y comienza a empujarla cada vez más rápido.

Ella, como siempre, le dice entre risas que tiene miedo.

Y grita.

Y grita tanto que algún que otro vecino se asoma por si ocurre algo.

Todos se tranquilizan cuando descubren que solo es el amor en movimiento.

* * *

Ale mira el reloj y su cuerpo da un respingo: se le ha hecho tarde, muy tarde.

Entra en casa y casi tira la taza sobre el fregadero.

Coge una documentación importante, sale del edificio, baja al garaje, sube al coche y se dirige hacia el trabajo con una ilusión desconocida.

*   *   *

La Cena

Alejandro y Alejandra se suben al coche.

Ya no se miran al entrar como lo hacían en aquellos años en los que el vehículo era mucho más viejo, más incómodo y más pequeño. Ahora, en su nuevo y caro coche, cómodo y amplio, ni siquiera se ven.

Él, aunque nunca lo dirá, de vez en cuando echa de menos el tacto de la mano de ella sobre la suya durante el viaje, esas caricias en los dedos, esos besos fugaces que se escapaban hacia su mejilla desde el asiento contiguo, esas notas de papel que se encontraba en el salpicadero...

Ella, aunque nunca lo admitirá, de vez en cuando también echa de menos la mano de él sobre su pierna, esas miradas rápidas que con un guiño lo decían todo, esos *te quiero tanto* que nacían con intensidad junto a una sonrisa...

Es de noche y circulan por una carretera secundaria, sin luces, sin casas y sin apenas tráfico. Una carretera que conocen de memoria porque la han recorrido durante muchos años, tantos como llevan siendo amigos de Carlos y Marta.

El hecho de conocerla de memoria hace que sea más dolorosa, pues ambos saben que durante el recorrido van a pasar por un punto delicado: la vieja casa azul.

Un punto al que ahora mismo se están acercando y desde el que nace un camino de tierra. Uno de ellos recuerda las sirenas, el miedo, los nervios, la incertidumbre... en cambio el otro dibuja una pequeña sonrisa que al momento desaparece.

Cinco kilómetros.

Cuatro.

Tres.

Dos.

Uno.

Ahora mismo el vehículo está circulando sobre ese punto.

Ella fija su mirada en la pantalla del móvil, le da miedo levantar la vista. Él observa fijamente las líneas de la carretera sin atreverse a mirar a los lados.

Hace ya mucho tiempo que no comentan nada cuando pasan por ahí porque cualquier palabra les produciría tanto dolor como vergüenza.

Silencio.

La noche.

La carretera.

Ambos continuarán el resto del viaje, unos diez minutos más, sin apenas hablarse, como si fueran dos desconocidos que han coincidido en el mismo autobús.

El problema es que ambos saben que ese punto, esa vieja casa, dolerá mucho más a la vuelta, cuando regresen a casa.

* * *

Ale y Ale llegan a casa de sus amigos.

El coche se detiene y cada uno sale por su puerta sin mirar al otro. Pero no hay rencor, ni odio, ni siquiera están enfadados..., eso al menos sería una esperanza, significaría que hay un motivo para su situación. El verdadero problema de un pareja llega cuando ambos dejan de hablarse y no hay motivos.

Caminan juntos hasta la puerta, pero sin tocarse. Uno de ellos piensa por un instante en alargar la mano y coger la de su pareja, de hecho inicia el movimiento, pero finalmente no lo hace.

Sus amigos, Marta y Carlos, ya están esperándoles.

—¡Cuánto tiempo! —casi grita Marta al verlos.

—Sí —responden los dos sonriendo.

—Pasad, pasad... Tenía tantas ganas de enseñaros todo lo que hemos hecho —dice ilusionada.

Y todos acceden a una casa recién reformada.

Nada más entrar se sorprenden por la enorme cocina que ven, sus amigos la han cambiado por completo.

—¿Qué? ¿Qué os parece? —les pregunta Carlos mientras señala todo el alrededor con su mano.

—Vaya, es preciosa... y grande, muy grande —comenta Alejandro sorprendido.

—Sí, bastante, ahora tenemos mucho más espacio que antes, así ya no nos molestamos —ríe Carlos—. Fíjate que ella se puede poner en un sofá y yo en otro.

Así no nos molestamos, piensa Ale.

—Mirad, venid, venid, y veréis el resto de la casa, al final, una vez que te pones... lo hemos cambiado casi todo —sonríe Marta.

Los cuatro amigos van recorriendo una casa de tres pisos con tarima beige recién colocada; con nueva iluminación todo leds de bajo consumo; con muebles color pastel comprados en una tienda de diseño; con cortinas blancas como la nieve, una bañera de hidromasaje para dos personas que siempre la usarán en singular, una ducha de esas que no hace falta tocar nada para que se encienda y una nueva televisión más grande que cualquier ventana de la casa.

—Vaya, impresionante, impresionante toda la casa —comenta Alejandra.

—Sí, sí, muy impresionante todo, pero de momento esta casa es más del banco que nuestra —sonríe Carlos.

—Bueno, bueno, pero ya lo iremos pagando, el dinero en vida, todo en vida —añade Marta orgullosa.

Después de ver cada una de las estancias de la casa, todos se sientan alrededor de la enorme nueva isla de la cocina.

—Este mármol ha costado más que todos los muebles juntos —comenta Carlos mientras va sacando unos platos con aperitivos.

—¿Qué queréis de beber? —pregunta Marta.

Lo cuatro amigos comienzan varias conversaciones triviales sobre el trabajo de cada uno de ellos, sobre cómo lo pasaron en las últimas vacaciones, sobre la salud del padre de Marta que últimamente está que no levanta cabeza, sobre lo mal que está la política, sobre cómo está de cara la vida...

—¿A que no sabéis quién se va a separar? —pregunta Marta mientras saca una nueva bandeja con varios platos.

—¿Separar? No, ni idea —contesta Ale.

—Intentad adivinarlo... vais a alucinar, seguro que ni se os ha pasado por la cabeza —insiste Marta mientras se llena la copa de vino.

—No sé... no sé... la verdad es que no se me ocurre ahora mismo...

Marta deja pasar unos segundos mientras bebe pequeños sorbos de la copa.

—¡Mi hermana! —suelta, sabiendo que es una bomba que sus amigos no se esperan.

La habitación se queda en silencio durante unos segundos.

—¿Tú hermana? Vaya... no me lo esperaba, pero si se les veía siempre tan bien —dice Ale.

—Sí, la pareja perfecta: tan guapos, tan elegantes, tan altos, tan todo... Pero yo ya sospechaba que pasaba algo. Se ve que el muy cabrón le había estado engañando con otra desde hace meses.

—Bueno, eso no se sabe —interviene su marido—, eso es algo que has supuesto tú, como siempre.

—¡¿No se sabe?! Claro que se sabe, te lo digo yo —casi grita señalando a su marido.

Y todos sonríen de forma incómoda.

—Aunque... también, para aguantar a tu hermana... —añade Carlos.

—Bueno, sí, es intensa, pero romper así una familia, ahora con el niño tan pequeño, es un putada...

Silencio.

*   *   *

La cena continúa entre conversaciones sobre la reunión de antiguos alumnos a la que acudió Carlos el último fin de semana, sobre el próximo viaje que tenían planeado hacer justo antes de reformar la cocina, *ahora es imposible*, puntualiza Carlos.

—Bueno, eso ya se verá —contesta Marta.

—¿Cómo que se verá?, ya está visto —le replica Carlos—. A ver si te piensas que somos millonarios, aún tenemos que pagar todo esto.

—Vale, vale, dejemos el tema —añade ella mientras se pone un poco más de vino.

—Eso, eso, dejémoslo —replica él.

La cocina se queda en silencio.

Alejandra y Alejandro ya están acostumbrados a sentirse incómodos en ese tipo de situaciones, como testigos de una guerra eterna que tiene mil batallas pero nunca acaba. Porque a pesar de todo lo que Marta y Carlos se echan en cara, continúan juntos.

Ale recuerda los primeros años de sus amigos: nunca conocieron a una pareja más cariñosa que Marta y Carlos. Pero con el tiempo comenzaron a faltarse el respeto el uno al otro: al principio pequeños insultos que querían tener gracia, después algún que otro grito, más adelante críticas directas... hasta acostumbrarse a discutir abiertamente delante de otras personas. Ahora ha llegado un punto en el que ya ni se dan cuenta de lo incómodo que puede ser para los demás que discutan delante de ellos, que se ataquen de esa manera, que se griten, que se humillen...

—¿Y los niños? ¿Dónde están, que no los hemos oído? —pregunta Alejandra para intentar romper un silencio demasiado tenso.

—La niña cena hoy en casa de una amiga, y el niño con los vecinos de enfrente, hoy los hemos empaquetado, así no molestan.

Así no molestan, piensa Ale.

—Bueno, ¿y cómo les va todo? Hace tiempo que no los vemos —pregunta.

—Empanados, como todos los adolescentes, siempre con el móvil, todo el día con el puñetero móvil... El móvil que esta les permitió tener, claro —le increpa Carlos mientras mira a su mujer.

—¿Yo? —contesta ella haciéndose la indignada, diciendo que no con la cabeza.

—Sí, tú, tú, ya te dije que no hacía falta tan pronto, que no les hacía falta para nada.

—Pero si todos sus amigos los tienen —protesta.

—¿Y para qué los necesitan? —se pregunta a sí mismo, y también se contesta—. ¿Para chatear y pasarse fotos en bolas?

—¡Pero qué dices! —le grita ella avergonzada llevándose la mano a la frente.

—Si lo sabré yo —contesta él dirigiendo su mirada a Alejandro—, un día pillamos a la niña en bragas haciéndose un selfi, sin sujetador ni nada. Ahí, con todas las lolas al aire.

—¡Qué exagerado! ¡Madre mía! —protesta de nuevo Marta.

—Pero si la vimos los dos, no me jodas. Tenía el móvil en la mano apuntándose a las tetas, una cosa así —y en ese momento Carlos imita la posición.

Alejandro y Alejandra observan el combate sin decir nada.

—¿Y él, qué? —continúa Marta—. ¿Para qué quiere tu hijo móvil?

—Pues para lo mismo, para ver porno y pajearse —contesta riéndose.

—¡Calla! —grita de nuevo avergonzada.

Ale se pregunta si sus amigos se han dado cuenta de que ellos siguen ahí.

—Bueno, vamos a cambiar de tema —dice Marta—, ¿habéis guardado hambre para el postre?

Y ahí llega una nueva batalla.

* * *

Marta saca una enorme tarta de su nueva nevera metalizada de dos puertas con un compartimento especial para hacer cubitos de hielo.

—¡Menuda tarta! ¡Pero qué exagerada que eres! —le grita su marido.

—¡Pues bien buena que está!

—Seguro que ya la has probado —le recrimina él.

—Pues claro.

—Normal, así te estás poniendo.

—¿Así cómo? ¿Eh? ¿Así cómo? —le desafía con la mirada—. Dilo, dilo, ¿Así cómo?

—Ya me entiendes —le dice.

Ale y Ale desearían desaparecer de allí, piensan que en esa casa también debería haber una puerta de atrás para la vergüenza.

—Claro, como si tú no estuvieras gordo. Yo al menos me he apuntado al gimnasio.

—Es verdad —replica Carlos poniendo una voz infantil de burla—. La señorita Marta lleva ya casi dos meses yendo al gimnasio todos los días.

—Sí, claro, intento cuidarme —le dice.

—Cuidarse, cuidarse... no sé yo ese repentino interés por cuidarse, ¿para qué? A estas alturas, ya ves para qué...

A estas alturas, piensa Ale.

Marta corta la tarta en varios trozos cerrando los ojos y suspirando con fuerza.

—Yo no quiero —dice Carlos.

—Ni ganas de que la pruebes, la he hecho por ellos, no para ti. Serás idiota... —dice en voz baja.

Ale en realidad tampoco quiere tarta, porque últimamente también se está cuidando, no se ha apuntado al gimnasio pero tiene mucho más cuidado con las comidas. Y es que se ha enamorado de nuevo, pero ahora mismo no se atreve a decir que no.

—Vale, pero un poco solo.

—¿Tú también te estás cuidando? —le reprocha Marta.

—No, no es eso, es que ya no puedo más —sonríe de una forma comprometida Ale.

—¿Y tú, Ale?

—Sí, vale, pero no muy grande.

—No, si al final aún me vais a hacer sentir mal...

Poco a poco va pasando la tensión del momento, asumiendo que en breve llegará una nueva discusión por cualquier motivo.

Carlos sirve los platos y es Marta quien se va a la cocina.

—¿Cafés? —pregunta.

—Vale, yo uno solo —contesta Ale.

—Yo un té —añade Ale.

—Vaya, pues creo que té ya no nos queda —contesta Marta mientras revisa un cajón.

—¿Cómo que no hay té? —protesta Carlos—, pero si te dije la semana pasada que compraras.

—¿Que comprara? —protesta.

—Sí, claro, en la tienda esa donde estuviste toda la tarde tomando café con las amigas.

—Pues mira, se me olvidó.

—Si es que, si es que... En fin que no hay té, ya sabéis por culpa de quién —continúa Carlos.

—No importa —intenta tranquilizar el ambiente Ale—, un café también estará bien.

—Bueno, pues eso, arreglado. Saca las galletas —le dice Marta a Carlos.

Y Carlos, después de preparar los cafés, saca las tazas en una bandeja junto a unas galletas.

—Pero estas no eran —protesta Marta haciendo un gesto de repugnancia.

—¿Cómo que no? Pero si fueron las que me apuntaste en el papel.

—Sí, pero te apunté las de canela, estas son las normales, no están tan buenas.

—Pues yo pensé que había que comprar galletas y canela, no galletas de canela, haberlo puesto más claro, no se entendía.

—¿Entonces has comprado canela?

—Claro...

—Si es que es tonto.

Y así va pasando una noche entre dos personas que han reformado toda una casa sin darse cuenta de que el hogar desapareció hace tiempo.

—Alejandra, ¿me acompañas a tirar la basura? —le dice Marta mientras coge varias bolsas de la galería.

Y Alejandra se da cuenta de que hay algo extraño en la mirada de su amiga, algo no va bien.

—Sí, sí.

* * *

Alejandra y Marta comienzan a caminar por una de las calles de la urbanización en dirección al contenedor.

Lo extraño es que Marta no dice nada, va en silencio, mirando al suelo, con una bolsa de basura en cada mano.

—¿Te ayudo? —se ofrece Alejandra.

—No, no... gracias —dice casi en susurro.

Se acercan al contenedor más cercano pero Marta continúa recto. Alejandra no entiende lo que está pasando, pero le sigue.

Finalmente llegan al más alejado de su casa, el que está al final de la calle. Marta abre la tapa y tira la basura. Al cerrarla se queda mirando fijamente a Ale.

Una lágrima comienza a caer por su rostro.

—Marta, ¿qué ocurre? —se asusta Alejandra.

Y Marta, sin pensarlo, se abraza a ella.

Silencio entre dos amigas que hacía años que no se abrazaban.

—No puedo más... no puedo más —susurra Marta desde su espalda.

—Tranquila, tranquila... —le dice su amiga apretando su cuerpo.

Así se mantienen durante unos segundos, hasta que el abrazo comienza a ser incómodo.

Poco a poco ambas se separan.

Ya no lo quiero,
se escucha en la madrugada de una noche fría en una urbanización que ya duerme.

Silencio.

—Hace ya mucho tiempo que no lo quiero, que no siento nada por él, que incluso me molesta, me molesta tenerlo cerca...

—Pero entonces... ¿por qué sigues? ¿Por qué no lo dejáis?

—Si fuera tan fácil... Si fuera tan fácil... Es sencillo decirlo pero hay tantas cosas... están la casa... están los niños...

—¿Los niños? Pero ya no son tan niños...

—Sí, es verdad, pero no me hago a la idea de llegar a casa y no verlos.

—Pero... —y Ale se queda en silencio porque es difícil dar consejos en una relación ajena, quizás lo mejor que puede hacer ahora mismo por su amiga es simplemente escuchar.

—Si al menos hubiera otra persona tendría una excusa, sería más fácil...

—¿Más fácil?

—Sí... ¿cómo justifico una ruptura así? Lo tenemos todo: casa recién reformada con cocina office —dice de forma sarcástica—, dos niños preciosos, la parejita; tenemos la suerte de trabajar los dos en empresas importantes, con muy buenos sueldos... somos la familia perfecta, la familia que todos envidiarían. No es tan fácil dejarlo todo de pronto, no es tan fácil.

—Pero ya no sois felices.

—Sí, bueno..., pero cuando ya tienes la vida hecha... eso es lo de menos. Sé que no debería decir esto pero hay veces que la comodidad puede ser más satisfactoria que la propia felicidad.

Silencio.

Ale no sabe qué decir, prefiere que sea su amiga quien continúe hablando.

—¿Sabes lo más triste de todo? Que ahora mismo lo único que realmente nos une es el banco, ese préstamo al que estamos atados de por vida. Hemos reformado la casa, sí, ¿pero a qué precio?

—¿Y por qué lo habéis hecho?

—Porque pensábamos que así, no sé..., quizás nos faltaba espacio. Antes de la reforma la casa era más pequeña, estábamos todos tan juntos, y esa podía ser la razón de nuestros choques, de no aguantarnos... No sé, pensé que esto nos podía unir más, pero ha sido una pesadilla, un infierno... ¡no sabes lo doloroso que es tener que hacer algo sin ilusión, simplemente deseando que acabe!

Marta se sienta en la acera.

Alejandra se sienta junto a ella.

Silencio.

—La mayoría del tiempo simplemente nos toleramos: nos cruzamos por la casa y ni nos miramos, ni nos hablamos. Pero hay veces... hay veces que lo odio: odio cómo me trata delante de la gente, odio también cómo lo trato yo delante de los amigos, odio que los demás se den cuenta de cómo estamos... Odio su sonrisa cuando hago algo mal, odio cuando él hace algo mal, odio su superioridad cuando me equivoco, odio que no se cuide nada, odio haberme descuidado tanto yo también, odio sus pequeñas y grandes manías: que tenga que recolocar siempre todo lo que yo pongo, que mueva mi cepillo de dientes, que me diga qué ropa me tengo que poner en cada ocasión, hasta odio esos hoyuelos en sus mejillas cuando sonríe... —Marta de pronto para de hablar, respira y no puede evitar que otra lágrima le recorra la mejilla—. Lo curioso es que fueron esos hoyuelos lo que me enamoró de él cuando lo conocí.

Las dos amigas se vuelven a abrazar, y Alejandra escucha cómo su amiga se derrumba, ahí, sobre una acera, en la calle de una urbanización.

Alejandra permanece abrazada a una mujer a la que le ha costado un mundo abrirse de tal manera.

*   *   *

En el mismo instante en que dos mujeres se abrazan en el interior de una noche, dos hombres hablan en el salón de una casa recién reformada.

—No estamos bien... —le confiesa Carlos a Alejandro acercándose brevemente a él.

—¿A qué te refieres?

—Ya lo sabes, ¿no lo ves? No estamos bien, casi siempre estamos discutiendo, atacándonos. Ya ni siquiera recuerdo cuándo fue la última vez que nos besamos. Podemos pasarnos un día entero sin decirnos una palabra bonita, a veces incluso sin hablarnos. Y cuando lo hacemos es para reprocharnos algo. Cada conversación se convierte al instante en una batalla por ver quién tiene razón. Me recuerda a mis padres, cuando era pequeño siempre dije que yo nunca me parecería a ellos, y ya nos ves.

Alejandro escucha.

—Y ahora además se ha puesto a cuidarse, a comer más sano, a hacer deporte...

—¿Y eso te molesta?

—Que se cuide no, no me molesta. Pero es que va todos los días al gimnasio, todos los días... no sé.

—¿Piensas que tiene otro? —se atreve a intervenir Alejandro.

—¿Otro? Lo he pensado pero no lo creo. Lo que creo es que ha encontrado la excusa perfecta para no estar aquí, en casa, para mantenerse lejos de mí... Es triste, ¿verdad?

»Pero ¿sabes lo más triste de todo?, que yo prefiero que esté fuera de casa, soy más feliz cuando estoy solo aquí, sin ella. Hay momentos que desearía que no viviera aquí.

Carlos intenta contener las lágrimas.

Alejandro recuerda cómo eran sus amigos cuando los conocieron hace más de diez años en un viaje que hicieron por Islandia. Eran deportistas, tenían unos cuerpos que daban envidia al resto del grupo. Recuerda también que les encantaba la aventura, la naturaleza... varias veces al año se perdían por los bosques del mundo. Pero en cuanto se casaron todo aquello comenzó a cambiar, no fue de un día para otro, pero lo notaban en cada visita que hacían a su casa.

Durante los últimos años Alejandro ha ido viendo cómo sus cuerpos han comenzado a decaer. Como ambos, con la comodidad de no tener que buscar a otra pareja, han ido dejándose llevar por la pereza, han dejado de cuidarse, y eso les ha afectado a nivel de pareja. Quizás no se dieron cuenta de que cuando el deseo sexual desaparece todo lo demás va detrás.

—Como te decía, la mayoría de las veces en casa ni nos hablamos —continúa Carlos—, como mucho, buenos días en

la cocina, alguna pregunta sobre los niños y las buenas noches antes de despedirnos.

—¿Despediros?

—Sí, porque ya ni siquiera dormimos en la misma habitación.

Silencio.

Carlos se acerca brevemente al rostro de Alejandro con la
intención de hacerle una pregunta casi en un susurro, como si
le diera vergüenza de solo pensarla.

—¿Vosotros hacéis el amor?

Alejandro se queda en silencio, sin saber qué decir, le ha pilla-
do por sorpresa...

—Nosotros hace ya tres años que no lo hacemos. ¡Tres
años!...

»¿A vosotros os pasa lo mismo? —insiste Carlos.

✻ ✻ ✻

Justo al final de esa pregunta se escucha la puerta de la calle: Marta y Alejandra vuelven de tirar la basura.

Todos notan que Marta ha llorado pero ninguno dice nada.

—Sí que habéis tardado —le increpa Carlos.

No hay tregua, piensa Ale.

—Bueno, estábamos poniéndonos al día —se intenta justificar Marta.

Y después de unos minutos más de conversaciones estériles...

—Bueno, se ha hecho ya muy tarde. Nosotros tenemos que irnos —dice Ale.

—¿Ya? ¿Tan pronto? ¿Queréis una copa más? ¿La última? —pregunta Carlos.

—No, no, muchas gracias, de verdad. Yo estoy agotado de toda la semana —contesta Alejandro.

—Yo también, estoy que me caigo de sueño —añade Alejandra.

—Sí, entiendo... Pues nada —dice Carlos mientras se levanta—, ha sido un placer veros, como siempre. Mil gracias por venir.

—Igualmente, y gracias a vosotros por invitarnos, la casa ha quedado preciosa, enhorabuena.

Y así, tras las frases y palabras de rigor, los cuatro amigos se despiden en el umbral de una casa recién reformada, con una cocina-office lo suficientemente grande para que sus habitantes no se molesten.

Alejandro y Alejandra entran en silencio al coche.

Quizás en otra época no habrían tardado ni un segundo en comentar lo que sus amigos les han dicho en privado, pero ahora ya ni siquiera les apetece.

—Tengo que mirar unos mensajes —le dice él, como si fuera necesaria una excusa para ignorarse.

Alejandra arranca y conecta la música del móvil. Suena *The Blue Door de Angus Stone*. Una de las canciones que más veces han escuchado cuando viajaban juntos por aquellas carreteras sin destino, en aquellos años infinitos. En aquella época en la que el silencio entre ambos tenía otro significado.

Circulan ahora por una carretera vacía, no solo de coches, sino de ilusiones, mientras se acercan a ese vieja casa azul. Un punto que es mucho más duro a la vuelta que a la ida, porque lo importante siempre ocurrió cuando regresaban. Por eso duele más ahora.

Alejandra acelera el coche a la misma velocidad que se le acelera el corazón.

Ya están a unos cuatro kilómetros.

Los dos se ponen nerviosos aunque intenten disimularlo: él observa el móvil sin levantar la cabeza, ella mira fijamente las líneas de la carretera.

Tres, dos, uno..., y ya está ahí.

Y ambos, fugazmente, pero de forma disimulada, miran hacia la derecha, hacia el camino de tierra que se inicia justo en ese punto.

Y ambos, por una vez durante todo el día, comparten un mismo recuerdo.

*   *   *

Muchos años antes, la casa azul, la primera vez

Una pareja sale de la casa que acaban de comprarse unos amigos que conocieron hace poco en un viaje. Se despiden en la puerta con la promesa de volver a quedar muy pronto.

Alejandro y Alejandra casi corren por el jardín, parece que les quema el césped. Tienen tantas ganas de subirse al coche...

Abren las puertas a la vez y se tiran en su interior, y ahí, no pueden esperar para comenzar a besarse de una forma intensa, casi violenta. Saben que si sus amigos se asomasen ahora mismo a la ventana podrían ver sus siluetas amándose en el interior del vehículo.

—Nos van a ver —ríe Alejandra.

Alejandro no escucha y continúa besándole los labios, las mejillas, el cuello... le abre con fuerza la camisa y comienza a chupar sus pezones. Alejandra le desabrocha el pantalón y le coge el pene.

De pronto ambos se dan cuenta de dónde están.

—¡Ale! ¡Que nos van a ver! —le grita ella.

Alejandro levanta la cabeza y sonríe.

Arranca el coche.

Apenas han entrado en la carretera cuando Alejandra le introduce de nuevo la mano en el pantalón. Comienza a masturbarlo.

—Para donde puedas... —le susurra al oído.

Alejandro, nervioso, pone las luces largas y conduce lentamente buscando un lugar donde poder parar, la carretera se le hace eterna.

Finalmente, observa una vieja casa azul en ruinas. Justo al lado hay un camino de tierra que sale a la derecha.

—¿Ahí? —pregunta él.

—¡Donde sea! —dice ella liberando la boca pero sin levantar la cabeza.

Da un volantazo y a más velocidad de la aconsejable se introduce en una pista de tierra. A los pocos metros frena bruscamente. Una nube de polvo les rodea.

Apagan el motor pero se les olvida apagar las luces y eso será importante en el desenlace de la historia.

* * *

Alejandro y Alejandra contienen el aliento al pasar por esa vieja casa azul. A la velocidad que van asumen que la incomodidad durará menos de un segundo, pero ¿cuántos recuerdos caben en un solo segundo?

Las ganas de atraparse el uno contra el otro, la boca de ella en su pantalón, esos nervios por follar cuanto antes; el volantazo sin pensar hacia un camino de tierra, el frenazo que vino después y la nube de polvo que rodeó el coche durante varios minutos. El quitarse la ropa con rabia, casi con violencia. La búsqueda nerviosa del preservativo en la guantera, la incomodidad que no sintieron en el interior de un coche viejo, el sonido molesto que no escucharon de los amortiguadores, la rabia con que él empujaba, la rabia con la que ella se movía; las marcas de uñas en el cuerpo, el apretar la carne con ansiedad, los mordiscos con la fuerza justa para excitar y no hacer daño; la sangre huyendo del cerebro, el mareo, los ojos cerra-

dos con fuerza, el corazón intentando saltar del pecho, las ma-
nos apretando un cuerpo ajeno... el desaparecer del mundo por
un momento.

Todo eso ha cabido en un segundo.

*   *   *

Muchos años antes, la casa azul, la primera vez

Ambos, atropelladamente, intentan pasar a los asientos de atrás por el interior del coche. Se golpean contra los cristales, contra el techo, e incluso contra sí mismos intentando quitarse la ropa.

Cuando ya están detrás, desnudos, él vuelve al asiento de delante en busca de los dos preservativos que siempre guarda en la guantera. En cuanto coge uno de ellos lo intenta abrir con las manos pero es imposible, finalmente lo abre con la boca. Tira el envoltorio en cualquier lugar sin ser consciente de que al día siguiente le costará localizarlo.

Ambos cuerpos, temblando más de nervios que de frío se colocan en los asientos traseros uniéndose en la primera posición que encuentran.

Ella se sienta sobre él, coge el pene con sus manos y se lo introduce. Entra con total facilidad. Una vez juntos él acerca su boca a unos pechos que le generan placer con solo imaginar rozarlos. Besa suavemente los pezones y chupa con su lengua el resto de la piel que los rodea.

Y así, uno contra el otro, se mueven con rabia, casi con violencia. Sus cuerpos rebotan sobre un coche que tiene los amortiguadores demasiado viejos, haciendo un ruido que ni siquiera escuchan.

A los pocos minutos los cristales comienzan a empañarse con sus respiraciones. Todo está borroso, oscuro, excitado.

Poco a poco los gemidos de ambos se convierten en gritos, gritos apagados en el interior de un coche en el que apenas hay oxígeno para los dos. Él clava sus manos en el culo de ella, ella clava las uñas en la espalda de él. Y así, con los ojos cerrados, ambos bailan unidos, en una danza de placer, en una coreografía de sentidos.

Es ella la que, de pronto, al abrirlos observa una pequeña luz que viene hacia ellos.

* * *

Muchos años antes, la casa azul, la primera vez

Y de pronto todo se vuelve confuso. Alejandra para de golpe porque ve que alguien se acerca con una linterna hacia ellos.

Alejandro, al notar que su pareja se detiene bruscamente, mira hacia atrás y se da cuenta de que hay un coche con las luces y las sirenas encendidas, aunque en silencio.

Ambos se separan asustados.

Alejandro, quizás inconscientemente, se coloca en el asiento delantero, desnudo, con el preservativo aún puesto en un pene medio flácido. Y así, aún sin saber por qué, se abrocha el cinturón.

A los pocos segundos un cuerpo se acerca al coche y una linterna ilumina la puerta.

Alejandro baja lentamente la ventanilla, sus manos le tiemblan, en realidad todo el cuerpo le tiembla.

—Buenas noches —suena en la madrugada la voz de un hombre vestido de uniforme.

—Buenas noches, agente —contesta Ale sin saber muy bien dónde colocar las manos.

—¿Hay alguien más con usted en el coche? —pregunta mientras mueve la luz de la linterna sobre la parte delantera.

—Sí, sí... mi novia está detrás —contesta señalando con el brazo, temblando.

Es entonces cuando el agente revisa el asiento trasero iluminándolo con la linterna y observa a una chica hecha un ovillo que intenta taparse con la ropa su cuerpo desnudo.

—No pueden estar aquí, este es un camino de paso —dice con una voz seria.

—Sí, sí, claro.

El agente se dirige hacia la parte frontal del vehículo e ilumina la matrícula. Anota algo en una pequeña libreta, da una vuelta por detrás y se dirige de nuevo a la ventanilla.

—Bueno, lo dicho, arranquen y vuelvan a la carretera, aquí no pueden estar.

—Sí, sí.

—Que tengan buena noche —les saluda mientras se da la vuelta.

—Sí, sí, buenas noches —contesta Alejandro.

El agente se dirige hacia el coche donde le espera un compañero y, después de hacer unas consultas durante unos minutos, el vehículo arranca. La luz de las sirenas desaparece por la carretera.

Y Alejandro, temblando, mira a Alejandra, que tiembla también, de miedo y frío.

Se visten lentamente, como pueden, y durante unos minutos permanecen en silencio.

Alejandra vuelve al asiento delantero.

Alejandro arranca el coche.

Y cuando ya están en la carretera ambos se miran y comienzan a reír como hace tiempo no reían.

—¿Te has puesto el cinturón desnudo? —le pregunta riéndose Alejandra.

—Sí, no sé, no sabía qué hacer...

—Pero ¿para qué? —vuelve a reír.

—No sé, no quería que me multaran por no llevar el cinturón —contesta.

—¡Pero si estábamos parados! —grita ella casi llorando de la risa.

—¿Parados? No, no estábamos parados, el coche no hacía más que moverse, arriba abajo, arriba abajo... —comienza también a reírse él.

Y ambos permanecerán así, riendo, durante todo el camino de vuelta. Aquel fue uno de los grandes recuerdos de una relación que no había hecho más que empezar.

A partir de aquel día pararon más de cien veces en ese mismo lugar, cada vez que volvían de casa de sus amigos. De hecho, aquello era la parte que más les gustaba de ir a verlos: la vuelta.

Eso sí, a partir de entonces tomaron precauciones: se adentraron unos metros más en el camino y siempre apagaron las luces.

Hace ya años que no paran ahí.

Ninguno de los dos se atreve ni siquiera a comentarlo. Quizás el frío, quizás la pereza, la apatía, la falta de deseo, la vergüenza...

El momento ha pasado y, en apenas unos minutos, habrán olvidado esa nostalgia que les ha generado mal cuerpo.

Continúan durante varios kilómetros en silencio pero ambos pensando en lo mismo: se dirigen a una casa vacía. Porque hoy su hijo no está, lo han dejado con los abuelos, eso significa que esta noche no pueden utilizar al niño como excusa.

Ambos recuerdan por separado aquellos momentos en los que su hijo se dormía pronto y podían disfrutar de esos espacios de intimidad que toda pareja necesita.

Pero ya hace tiempo que no hacen nada, que no se buscan,

que ni siquiera lo comentan. De vez en cuando ambos se hacen las mismas preguntas, preguntas que les dan miedo, preguntas que no quieren contestar.

¿Cuánto tiempo puede estar una pareja sin hacerlo?, se pregunta uno de los dos.

¿Y cuánto tiempo puede estar una pareja sin desear hacerlo?, se pregunta el otro.

Llegan a la ciudad, a su calle, al garaje...

Cuando ya están en el ascensor, vuelven a pensar que hoy es sábado, y ambos temen vivir una de las situaciones más incómodas que puede encontrar una pareja que ya no se busca.

Ambos saben que podría ocurrir.

*   *   *

Sexo

Alejandro y Alejandra entran en casa en silencio.

—Estoy tan cansado... —dice él.

—Sí, yo también... —contesta ella.

Y ambos se dan cuenta de que en un diálogo tan pequeño han sido capaces de decirse tantas cosas: en solo seis palabras han resumido todo lo que no van a hacer esa noche en el dormitorio.

Ya en la habitación comienzan a quitarse la ropa a destiempo, para que sus cuerpos desnudos no coincidan en el mismo lugar y momento.

—Voy a ducharme —dice ella aún con la falda puesta y una camisa.

—Vale —contesta él.

Alejandra entra en el baño y cierra la puerta; y ese pequeño detalle es importante.

Alejandro aprovecha la ausencia de su mujer para quitarse lo que le queda de ropa y ponerse el pijama. Se tumba sobre la cama y enciende la tele.

Y mientras cambia canales recuerda aquellos días en los que habría caminado desnudo y en silencio hacia el baño, se habría puesto jabón en las manos, habría abierto lentamente la mampara de cristal y, desde atrás, habría sorprendido a su mujer restregándole el gel por su cuello, por su espalda, por sus pechos, por su cintura... Se habría arrodillado para continuar besándole el sexo mientras el agua les mojaba a ambos. Y ahí, uno contra el otro, habrían hecho el amor en la incomodidad de una ducha.

Pero hoy ni siquiera ha tenido una pequeña erección al pensarlo. Sigue cambiando canales.

Alejandra se desviste lentamente en el baño: se quita la falda, el tanga, la camisa, el sujetador... y lo deja todo en el suelo. Se mete en la ducha, se frota el cuerpo y, de vez en cuando, mira hacia la puerta deseando que no entre nadie.

Y allí, bajo la lluvia, recuerda aquellos días en los que si su marido no le había acompañado a la ducha, era ella la que salía desnuda con la toalla hacia la cama y, delante de él, la dejaba caer, mostrando su cuerpo aun mojado. Ahora, esa misma situación le parece ridícula, incluso grotesca.

Deja pasar más de media hora. Se seca con tranquilidad, se pone lentamente el pijama, se lava con calma los dientes y sale del baño con la esperanza de que ya esté dormido y así no enfrentarse a una situación incómoda. Pero no, está viendo la tele.

Se acuesta junto a él y coge un libro de la mesita.

Ambos tienen la esperanza de que ninguno propondrá

nada, pero siempre queda la duda. Por eso, por si acaso, sus mentes comienzan a buscan nuevas excusas... porque hoy no está el niño en casa y mañana tampoco hay que madrugar.

Ojalá no quiera hacerlo esta noche, piensan a la vez.

Que no haya sexo entre ambos no significa que cada uno no lo tenga por separado, pues han sabido buscar las alternativas: ella, un aparato que utiliza en los momentos de soledad; él, un ordenador al que se conecta con la puerta cerrada del despacho algunas noches. Ambos lo saben, pero ninguno de ellos pregunta.

—¿Qué estás viendo?

—Nada, últimamente no hay nada, tanta plataforma, tanta oferta y nos pasamos más tiempo tratando de elegir algo que viéndolo...

—¿Alguna película?

—Eso estoy buscando...

Silencio.

—Mira, esta dicen que no está mal... ¿La dejo?

—Sí, ya la vimos, pero está bien.

Ale está casi seguro de que no la han visto, pero no tiene ganas de discutir, así que deja el mando sobre la cama y apaga la luz de la mesita.

La habitación se queda a oscuras y ambos, de forma disimulada, miran la hora nerviosos, temiendo lo que puede ocurrir a continuación. Saben que hoy hay muchas posibilidades, casi todas. Por la hora que es, porque es sábado...

A los pocos minutos ocurre.

Se escucha una puerta, y pasos...

Siempre comienza así.

* * *

Los pasos se detienen.

Alejandro y Alejandra sienten un malestar que solo se puede entender cuando uno ha vivido esa misma situación.

Ella se muerde por dentro las mejillas, como casi siempre que está nerviosa.

Él mueve los dedos de los pies de forma intranquila, mirando fijamente la tele, como si eso fuera suficiente para abstraerse de lo que pasará a continuación.

Y de pronto, como siempre, se escuchan unas risas.

Y es quizás eso: las risas, lo que más les duele.

Ale, disimuladamente, coge el mando y sube el volumen de la televisión.

Llega el primer gemido, casi siempre tímido, como no queriendo molestar a la pareja de al lado, la que nunca hace nada, la que ninguna noche molesta a nadie, la que solo escucha.

Poco a poco los gemidos son cada vez más fuertes, y más frecuentes, y duelen más.

Es un momento incómodo donde ninguno de los dos dice nada. La única solución que se les ocurre es subir aún más el volumen de la televisión, como si eso sirviera para ignorar lo que sucede al lado.

Los gemidos continúan, y llega el primer grito.

Ambos han pensado alguna vez en golpear la pared, pero eso solo conseguiría hacer visible la misma realidad que intentan ocultar.

Quizás en otra época, ambos se mirarían, se reirían y retarían a la pareja de al lado para ver quién era capaz de hacer más ruido. Pero esa competición hace tiempo que está perdida.

Los gemidos continúan, los gritos también.

Se escuchan los muelles de una cama demasiado vieja para tanto movimiento.

Alejandro recuerda los momentos en que eran ellos los que hacían tanto ruido que los vecinos les golpeaban la pared. *Qué envidia tienen*, se decían mientras seguían follando, y continuaban sin hacer caso.

Alejandra recuerda ahora con una sonrisa que solo se verá en su interior, el día que, con tanto movimiento la cama golpeó la mesita y la pequeña lampara que les había regalado su madre se estrelló contra el suelo.

Lo que ya no recuerda ni ella ni él, es en qué momento esos ataques diarios pasaron a ser semanales, después esporádicos... En qué momento pasaron a no ser ya nada, a no ocurrir. ¿En qué momento el deseo desapareció por completo? ¿Cuándo algo tan placentero se convirtió en algo incómodo?

Quizás fue cuando ambos dejaron de cuidarse y dos cuerpos que se atraían tanto dejaron de hacerlo; quizás fue cuando olvidaron imaginar pequeñas historias en las que ellos eran los protagonistas; quizás fue cuando dejaron de jugar en la cama, en el sofá, en la cocina; o cuando dejaron de comprarse y regalarse ropa interior...

Quizás fue cuando la televisión en la habitación comenzó a sustituir el sexo; o cuando dejaron que el niño durmiera en su misma cama, entre los dos... Un niño que al final les sirvió de trinchera para evitar el contacto.

—¡Me corro, me corro, me corro! —se escucha de forma clara y alta, por encima de la tele, por encima de los pensamientos, por encima de todo.

—¡Me estoy corriendo!

—¡Yo también! ¡Me corro contigo!

—Sííí, córrete...

—¡Me corro!

Y un grito,

y otro,

y otro,

y otro...

Y de pronto, el silencio.

* * *

Es en el dolor de ese silencio cuando se dan cuenta de que el volumen de la televisión está demasiado alto.

Ale coge el mando y apaga la tele.

—Buenas noches. Te quiero.

—Buenas noches. Te quiero.

Dos *te quiero* sin sentimiento, sin intensidad, sin deseo.

Ambos se besan casi sin tocarse los labios, por pura rutina. Se acuestan uno al lado del otro pero no juntos, cada uno mirando a una pared distinta de la habitación, sumergiéndose en sus propios pensamientos.

Uno de ellos recuerda la fecha exacta en que hicieron por última vez el amor, fue hace casi un año, en un extraño San Valentín. Fue rápido y ninguno de ellos disfrutó más que si el placer se lo hubieran dado a solas.

Silencio.

Alejandro y Alejandra están cansados pero no consiguen dormir, saben que siempre puede ocurrir algo más

Y ocurre.

A los pocos minutos, entre el silencio de la noche se escucha otro gemido, y otro, y otro...

Ale y Ale se hacen los dormidos.

Esta segunda vez ha sido más corto, pero igual de doloroso.

* * *

La tormenta

Después de la visita a sus amigos, la vida de Alejandro y Alejandra ha continuado siendo la de siempre: un viaje sobre un barco que acostumbra ir por el mismo mar y parando en los mismos puertos.

En realidad durante los últimos años no había nada lo suficientemente malo en su relación como para romperla, el problema es que tampoco había nada lo suficientemente bueno como para desearla. Se sentían como ese equilibrista al que le basta con seguir caminando sobre el alambre mientras no caiga al vacío, aunque no haya público, aunque nadie aplauda.

Al fin y al cabo es lo que les pasa a todas las parejas, ha sido el mantra que se han dicho a sí mismos cada vez que tenían dudas.

Por eso, al final, entre la incertidumbre del cambio y la comodidad de la rutina siempre elegían lo segundo. Porque esa rutina les aseguraba muchas cosas: ya sabían quién habría a su lado al despertar, ya sabían qué iban a hacer cada fin de semana, qué productos tenían que comprar cada sábado en el supermercado, cómo preparar determinadas comidas, qué series les podían gustar a ambos, a qué hora había que dejar y recoger al niño, cuál era la taza favorita de ella, cuál era la de él...

Y así, los dos han continuado en el interior de un viaje que podría haber durado muchos años, incluso toda la vida. Pero a veces, cuando la persona no se atreve a cambiar, es el destino quien la empuja.

Fue ese destino quien quiso que hace ya unas semanas, uno de los dos, al asomarse por la cubierta de ese barco —que en realidad iba a la deriva—, descubriera una isla en la que hasta ese momento nunca se había fijado.

En un principio solo desembarcó con la intención de explorar la playa, quizás con el único deseo de pasear con los pies descalzos por la arena, bañarse en las aguas de un mar nuevo... nada más. El problema es que después de aquella primera visita hubo una segunda, una tercera, una cuarta... Y así, con esas pequeñas escapadas surgió una idea nueva en la mente de uno de los dos Ale: *¿y si pudiera quedarme a vivir allí?*

* * *

Ocurrió un viernes de esos de cansancio acumulado, de problemas en un proyecto que nunca se acababa, de bronca con el jefe, de reuniones tensas... De visitas continuas a la máquina de café. Fue allí donde llegó el primer contacto: una moneda que no entra, un golpe desesperado a la máquina, alguien que entre tanta tensión le invita al café y le regala una sonrisa. Nada más, y a veces... nada menos.

A partir de aquel momento todo se fue complicando: las visitas a la máquina de café se convirtieron en algo más que un pequeño descanso, las conversaciones fueron cada vez más íntimas, las sonrisas más intensas...

Y así, día tras día, esa relación en principio inocente comenzó a mutar en algo más. Ale encontró placer en la mirada de una persona extraña, comenzó a disfrutar de conversaciones que no se limitaban a intercambiar monosílabos, se dio cuenta de que su interior se agrietaba cada vez que pensaba en el futuro.

Y a los pocos días llegó el momento en que lo supo, porque siempre hay un instante que lo cambia todo: puede ser un gesto, una palabra, una pequeña conversación...

En este caso fue una pregunta, la de siempre, la que toca, la que tantas veces había escuchado en casa de sus suegros. Y allí fue donde se la volvieron a preguntar.

Ahí lo supo.

* * *

¿Para cuándo la parejita?

No era la primera vez que sus suegros les hacían esa pregunta, pero Ale, por alguna razón que nunca llegará a comprender, entendió que iba a ser la última.

—Bueno, bueno, todo llegará —contestó su pareja.

Ale no dijo nada porque de pronto supo que eso nunca iba a ocurrir. Lo supo allí mismo, en la mesa, en el mismo instante en que su suegra pinchaba un pequeño trozo de carne con el tenedor; en el mismo instante en que su suegro se limpiaba restos de salsa del bigote con una servilleta de papel; en el mismo instante en que su hijo metía el dedo en el plato; en el mismo instante en que su pareja dijo *bueno, bueno, todo llegará* mientras sonreía.

Ale no dijo nada, aunque estuvo a punto de hacerlo.

Estuvo a punto de decir, allí, ante sus suegros, ante los primos, que llevaban más de un año sin hacer el amor, sin tocarse, evitando sus cuerpos cada noche. Que ya solo eran dos personas que vivían bajo el mismo techo, nada más.

—¿Ale?, ¿no dices nada? —insiste su suegra.

—No sé, no sé —contesta mordiéndose la lengua.

—Bueno, no nos agobiéis —le ayuda su pareja—. Ya veremos, ahora tenemos que organizar las vacaciones. Queremos irnos de crucero.

Y de pronto el cuerpo de Ale comienza a sudar, a sentirse incómodo. Observa la habitación y nota que le falta el aire, que se marea, que su mente quiere huir de allí. Porque lo último que le apetece es pasar diez días en un barco con su pareja.

—Voy al baño un momento —se disculpa mientras se levanta de una forma acelerada y corre por el pasillo.

Ale cierra la puerta y se mira al espejo.

Cierra los ojos y aprieta los dientes.

Acaba de darse cuenta de que todo ha acabado.

* * *

Pero durante los siguientes días continuarán juntos.

Ale ha ido dejando pasar el tiempo en una relación que no avanza hacia ninguna dirección hasta que, por fin, llega el día que va a suponer la frontera entre el pasado y el futuro.

Hoy, los tres —Alejandro, Alejandra y el niño—, como casi todas las últimas noches, han cenado prácticamente en silencio. Ha sido la televisión de la cocina la que ha sustituido las conversaciones de una pareja que ya no tiene nada que contarse.

—¿Quieres algo de postre? —pregunta Ale mientras se levanta para dejar los platos en el lavavajillas.

—No, no, gracias, ya estoy bien.

—Vale, pues me voy a acostar al niño —dice cogiendo en brazos al pequeño.

—Claro, claro... yo me quedo recogiendo la cocina —responde mientras se acerca a su hijo para darle un beso en la frente y un abrazo.

Ale le pone el pijama al niño, lo acuesta, le comienza a contar un cuento y antes de acabarlo el pequeño ya se ha dormido.

Vuelve a la cocina y ahí, entre los dos, organizan el día siguiente: la lista de la compra, pagar un recibo urgente, pasar a recoger una prenda de ropa de la tintorería, llamar para la revisión del coche...

—¿Quieres un té? —pregunta Ale mientras calienta un poco de agua.

—No, no, gracias —contesta la otra parte—, me voy al sofá, te espero allí.

Ale llena un cazo con agua y se queda observando cómo nacen las burbujas mientras su cabeza se va a otros lugares: hacia el trabajo, hacia esa sonrisa... De pronto el agua comienza a salirse. Apaga el fuego rápidamente y limpia como puede la encimera.

Se prepara la taza y se va hacia la terraza.

Últimamente ese es el lugar de la casa donde más tiempo pasa, justamente el que está casi fuera de ella.

Como cada noche, comienza a observar todo lo que le rodea: un parque poco iluminado que a estas horas ya está vacío; un hombre paseando al perro mientras va mirando el móvil; una mujer que acaba de bajar de un taxi y continúa andando por la calle mientras habla por teléfono; una pareja de su misma edad que pasea cogida de la mano...

Ale desearía ser esa mano, esos dedos, sentir todo lo que

hay en el interior de ese tacto. Los persigue con la mirada mientras caminan: de vez en cuando un beso, de vez en cuando un abrazo, de vez en cuando hablan y ella se ríe... y él se ríe...

Se acerca la taza a la boca y toma un pequeño sorbo.

Se fija ahora en el edificio de enfrente y comienza a analizar cada una de las ventanas: pequeñas luciérnagas de vida.

Va recorriendo cada hogar imaginando qué momentos estarán viviendo el resto de las parejas que los ocupan: parejas que se aman y se buscan; parejas que viven juntas pero no se quieren; parejas que se aman pero ya no se buscan; parejas que ni siquiera se encuentran...

Cierra los ojos.

Y de pronto le parece escuchar un grito.

Mira hacia el edificio de enfrente, le ha parecido distinguir un destello de luz en la ventana del cuarto piso.

*　*　*

En el edificio de enfrente una pareja entra en el portal a oscuras. Se sacuden la nieve de las zapatillas y suben por las escaleras para no hacer ruido. Llegan al cuarto piso agotados. Una vez allí abren la puerta girando la llave muy despacio y acceden a una vivienda sin encender una sola luz.

La chica, que se conoce su propia casa de memoria, comienza a caminar por el pasillo hasta que llega a su habitación.

—Seguro que hoy no vendrán tus padres, ¿verdad? —le susurra su novio.

—Ya te lo he dicho, han ido de cena con unos amigos, mínimo no llegan hasta las doce. Y yo se supone que duermo en casa de Miriam, así que no hagas ruido, no quiero que ningún vecino cotilla le diga que he venido a casa.

—Vale, vale... —susurra de nuevo su novio mientras la sigue entre penumbras.

Él no se conoce la casa y no se da cuenta de que justo al

acceder a la habitación de ella hay un pequeño mueble cerca de la puerta. Nada más entrar se golpea en la espinilla.

—¡Ay, joder! —grita sin pensar.

Un grito que escapa por la ventana del edificio y se va difuminando en la ciudad llegando a los hogares de varios vecinos.

Y sin querer, justo al apoyarse en la pared ha encendido la luz con la mano.

—¡Apaga, apaga! —le grita su novia.

El chico vuelve a apagar la luz y ambos llegan hasta la cama.

—¿Estás bien? —le pregunta ella.

—Sí, pero no veo nada. ¿Puedo subir un poco la persiana?

—Sí, vale, pero no enciendas la luz.

—Vale, esta no, pero enciende alguna que así no tiene ninguna gracia, ni siquiera te veo.

—Vale, voy a encender la del pasillo.

—Vale.

Mientras la chica sale al pasillo, él se comienza a desnudar nervioso. Se quita la chaqueta rápidamente, el jersey, los pantalones... y sin pensar demasiado dónde dejarlo lo tira todo al suelo.

Cuando la chica llega a la habitación, sonríe.

Se quita la camiseta, el sujetador, la falda...

Y se abrazan.

La chica se arrodilla y sus manos comienzan a jugar con el sexo de su pareja. Es un movimiento suave al principio, pero que poco a poco se intensifica.

A los pocos minutos la chica se introduce el sexo en la boca y continúa moviéndose: adelante, atrás, adelante, atrás...

Ninguno de ellos se ha dado cuenta de que, al tener la persiana abierta y la luz del pasillo iluminándoles por detrás, si alguien mira desde un edificio cercano puede ver todo lo que están haciendo. Dos siluetas amándose en la noche.

* * *

Ale no aparta la mirada de la ventana del edificio de enfrente. En lugar de eso, deja la taza sobre la mesa y comienza a tocarse su sexo por encima de la ropa.

*   *   *

Las dos siluetas permanecen en esa misma posición durante unos minutos hasta que él, lentamente, la levanta, la coge en brazos y la deja sobre la cama. Se pone sobre ella y ahí, de nuevo, continúan los movimientos de placer.

De vez en cuando uno de los dos no puede evitarlo y grita gemidos que escapan por la ventana en dirección a la ciudad.

Se dan la vuelta y es ahora ella quien se sienta sobre él. Vuelven a bailar.

Ale sonríe, sigue tocándose, poco a poco ha introducido la mano debajo del pijama.

La pareja permanece bailando hasta que, de pronto, alguien grita desde un edificio cercano:

—¡Venga, venga, dadle duro ahí! ¡Menudo polvazo! —se escucha en la noche.

La pareja deja de moverse.

—¡Menudo polvazo! —grita de nuevo.

Es la chica la que, avergonzada, se separa rápidamente de su novio y va corriendo hacia la ventana: baja la persiana de golpe.

*　*　*

Ale aún mantiene la mano en su sexo mientras observa la ventana cerrada del edificio de enfrente.

A pesar de que no puede ver nada, ha decidido continuar en su mente lo que estaba ocurriendo en el piso de enfrente: se los imagina besándose con fuerza, apretando sus cuerpos, follando con ganas, en distintas posiciones, llegando al orgasmo, pidiendo el siguiente...

Cierra los ojos y sigue tocándose.

Sería capaz de quedarse ahí toda una vida, en ese instante.

—¿Qué haces? —le sorprende la voz de Ale que acaba de salir a la terraza.

* * *

Ale casi salta del susto. Saca su mano rápidamente de debajo del pijama.

—Nada, nada... —le tiembla el cuerpo.

Ale se ha dado cuenta de lo que estaba haciendo su pareja, pero no se atreve a decir nada.

—Ya estaba a punto de entrar, ha sido un día duro en el trabajo, necesitaba tranquilidad... —intenta justificarse mientras coge la taza y bebe un sorbo.

—Sí, yo también estoy que no puedo más, hoy ha venido otra vez el jefe con el tema ese de la productora, no tienen nada claro el contrato porque la empresa vuelve a insistir en que quiere renegociar los términos...

Pero Ale ya no escucha, porque su mente se ha quedado anclada en ese piso de enfrente. También en las parejas que cada día ve paseando por la calle desde su terraza, en los besos que se dan los adolescentes en el parque... y sobre todo, en esa otra vida que está fabricándose en la oficina.

—Ale, ¿estás ahí? —le pregunta mirándole fijamente a los ojos.

—Sí, sí, perdona, estoy que me caigo —dice bebiendo el último trago de la taza.

—Claro, claro, vamos a dormir.

Uno de los dos Ale va temblando hacia la habitación porque no es capaz de guardar su secreto mucho más tiempo, porque se le nota, porque siente que se lo va a confesar esa misma noche.

*   *   *

Se acuestan, como cada noche, sobre una cama varada en un mar de rutina que inunda el dormitorio. Y es ahí, en ese dormitorio, donde en unos minutos se va a desencadenar una tormenta que hará naufragar una relación que ha ido surcando años simplemente remando hacia delante, sin darse cuenta de que capitán y barco estaban cada vez más lejos, sin darse cuenta de que hace tiempo que ambos remaban en direcciones distintas. Los dos miran la televisión con futuros muy diferentes. Uno de ellos pensando en pequeñas cosas del día a día, como si esa fuera a ser una noche más... una noche tranquila en un mar de calma, pensando que, como siempre, arriarán velas y echarán el ancla hasta el día siguiente.

En cambio el otro miembro de la tripulación tiembla por dentro porque en su interior siente olas que no se ven a simple vista. Por eso se le acelera el corazón, por eso le tiemblan los dedos, las manos, el cuerpo y hasta los pensamientos. Lleva días buscando un momento que nunca llega: el momento adecuado.

Pero hoy ha ocurrido algo. Hoy es el momento de iniciar una conversación que va a acabar en naufragio.

Ale se incorpora lentamente, nota que le tiemblan las manos, sabe que le va a temblar hasta la voz. Abre la boca pero cuando se dispone a hablar no le salen las palabras, se le quedan encalladas entre la lengua y los dientes y solo es capaz de decir un *es que...* que no llega a nada más.

—¿Sí? —le pregunta su pareja—, ¿decías algo?

—No, no —responde escondiendo las manos bajo las sábanas, pero eso no evita que le continúe temblando el resto de su cuerpo.

—¿Estás bien? —le pregunta—, ¿te ocurre algo?

—No, no, nada —responde intentando disimular.

—Estás temblando.

—No, no sé... habré cogido frío ahí fuera.

—Ahí fuera, ¿con el calor que hace? —sonríe.

Y Ale se da cuenta de que le molesta esa sonrisa, que a veces no soporta ese aire de superioridad, esos gestos que parecen inocentes; se da cuenta de que le incomoda también su forma de hablar, de moverse, esa muletilla de *claro, claro* cada vez que le pregunta algo. Le molestan también algunos gestos que al principio le parecían maravillosos.

La rutina vuelve durante unos minutos, como si aquello solo hubiera sido una ola suelta que apenas ha movido el barco.

Mañana, piensa, *mañana se lo digo, porque ahora no es el momento, porque ya es tarde, porque tenemos que madrugar, porque...*

Pero sabe que no será capaz de dormir en toda la noche: tiene que ser hoy.

* * *

Unas horas antes, a unos kilómetros de la habitación

Es ya tarde en unas oficinas donde apenas queda nadie. Solo dos compañeros de trabajo permanecen en una pequeña sala al final del pasillo.

Todo empezó con la risa.

No hay nada más peligroso para una relación que encontrar en un extraño la risa que se echa de menos con la propia pareja.

Ambos compañeros hace ya muchas semanas que acuden al trabajo con una ilusión distinta, preguntándose qué pequeño paso les acercará cada día. Ambos esperarán con ilusión ese saludo en la entrada, esas miradas por encima de las mesas, los mensajes por email, compartir ese café a media mañana... Ambos se han dado cuenta de que hay alguien que les hace más caso en el trabajo que en casa.

Lo que comenzó como el disfrute de una conversación poco a poco se ha ido convirtiendo en algo más. Algo más que ellos mismos al principio intentaron parar. Pero no pudieron, a pesar de intentarlo no consiguieron detenerlo, y al final llegó: el primer beso.

Era tarde y estaban solos, y al entrar al ascensor las puertas se cerraron pero ninguno de ellos pulsó el botón para bajar. Se miraron durante los segundos más intensos de sus vidas y uno de ellos tomó la iniciativa. Fue un beso tenso, torpe, rápido... y sin embargo aquel beso les dio más placer a ambos que cualquiera de los últimos que se habían dado con sus parejas.

Luego vino el siguiente, y el siguiente, y el siguiente... y ahora solo desean tener una excusa para coincidir en el ascensor. Un lugar que se ha convertido en refugio para darse un beso que dura lo que duran en bajar los tres pisos hasta la planta baja.

Así estuvieron muchos días hasta que descubrieron que ese edificio de veinte plantas en el que llevan trabajando tanto tiempo tenía una terraza a la que se podía acceder libremente.

A partir de aquel momento, todos los días, antes de irse a casa, comenzaron a subir allí. Un lugar desde donde se puede ver toda la ciudad por la noche.

Ahí, en esa terraza, ambos se disfrazan de otras personas: él olvida que es un padre de familia que ya no siente nada por su mujer; ella deja de sentirse una madre prisionera en un hogar que aborrece, en una relación que no va hacia ningún sitio.

Hoy han vuelto a subir allí.

Ya es tarde, pero siempre encontrarán una excusa para quedarse un poco más.

* * *

Ale continúa pensando en esa terraza del edificio donde trabaja, en la que ha estado hace apenas unas horas. Y cada recuerdo es como un aguijón en su mente que le causa tanto dolor como placer.

No es persona de guardar secretos, porque no puede, porque no sabe y porque se le nota. Y aun así lleva varias semanas lloviéndose por dentro, pero ya no puede más porque se está inundando.

Repasa mentalmente las palabras que va a decir, asumiendo que va a ser la conversación más complicada de su vida: intenta reproducir en su mente un diálogo impredecible.

De nuevo, lentamente, abre la boca. Y solo con ese gesto se le acelera el corazón, y le vuelven a temblar las manos, los dedos...

Y en lugar de una palabra surge un sonido entre un susurro y un ahogo. Esta vez su pareja lo nota.

—¿Estás bien? —le pregunta.

Ahora ya no hay excusas, porque en lugar de responder con la voz lo está haciendo con los ojos, y ahí es mucho más complicado mentir. Al final todo el dolor se acumula en una única lágrima que cae lentamente por su mejilla.

Su pareja coge el mando, apaga la tele y se gira hacia un cuerpo que ya solo sabe temblar.

—¿Qué te pasa, amor?

Amor

Y esa palabra: *amor*, hace estallar la tormenta.

Amor, insiste mientras le coge las manos como hace años no lo hacía, *¿qué te pasa? ¿Ha ocurrido algo?*

Tras un silencio eterno que lo ocupa todo llega el relámpago en forma de mirada que pide perdón con las pupilas.

Y tras el relámpago llega el trueno en forma de palabras. Unas palabras que arrastran tanto dolor que apenas se escuchan:

Tenemos que hablar.

* * *

Unas horas antes, a unos kilómetros de la habitación

Dos cuerpos permanecen en la terraza de un edificio de veinte plantas intentando ver estrellas entre las nubes. Cogidos de la mano se asoman a dos abismos: el primero, una barandilla que les deja ver una gran ciudad desde el cielo; el segundo, el que les puede llevar a cambiar su vida.

Ambos cierran los ojos y se acarician las yemas de los dedos haciéndose cosquillas. Ella hace años que no se siente así, tan feliz; él hace siglos que no vive un momento tan bonito.

Se aprietan las manos, mucho.

Abren los ojos, y se miran. Quizás preguntándose si los dos saltarían al abismo, al segundo, a ese que les llevaría a una nueva vida.

Ella le besa como hace años que no besa a su marido.

Él la besa pensando que nunca volvería a sentir algo así en sus labios.

Se separan, lentamente, mirando de nuevo a ningún lugar concreto de una ciudad que se difumina a lo lejos.

Ambos saben que es tarde, pero ninguno de los dos lo dirá, ninguno de los dos se atreverá a mirar el reloj.

* * *

Tenemos que hablar.

Silencio. Justo cuando la tormenta comienza.

He conocido a alguien.

Y esa frase, que en realidad nace con un pequeño hilo de voz, es capaz de hacer temblar las paredes de la habitación.

Solo Ale sabe el dolor con el que se han fabricado esas cuatro palabras en su cuerpo. Han nacido del corazón, pero han ido abriendo herida al salir; cada letra, cada sílaba ha ido rozando como un cristal su garganta. Y ha sido en la boca donde han destrozado el paladar creando llagas de tristeza. Son los dientes, los que al encontrarse con el sonido han intentado pararlo, cerrándose, pero al final ha sido inútil, porque es el cerebro quien manda, porque es el cerebro el que, ante el dolor que podía generar que esas palabras volvieran al interior, ha decidido expulsarlas fuera.

Solo Ale, la otra parte del barco, sabe el dolor con el que han entrado esas cuatro palabras en su cuerpo. Han llegado por el oído, pero en realidad ya las ha visto venir con los ojos. Han llegado directas a una mente que por un instante ha colapsado. Y de ahí, han ido arrastrando todo a su paso hasta entrar en unos pulmones que, por un momento, han dejado de respirar. Su cuerpo ha sufrido un pequeño espasmo cuando, finalmente, como ese golpe que lo derrumba todo, han llegado a un corazón que, por un instante, ha dejado de latir.

Y de pronto, esa cama estable que les ha llevado por el mismo océano durante tantos años, por primera vez se tambalea. Por primera vez aparecen nubes en el interior de una habitación.

Ambos rostros se miran, aún cogidos de la mano.

Uno de ellos pensando que quizás ha escuchado mal, o que, todo es posible, no lo haya entendido bien. Porque a veces las palabras se mezclan, se malinterpretan, se confunden en una conversación... Quizás ese *he conocido a alguien* signifique otra cosa.

No entiendo qué quieres decir, ¿a alguien...?, dice uno de los dos.

Lo siento..., dice la otra parte del barco.

Silencio.

Y más olas.

Pero, cariño...

Lo siento..., repite.

Y eso es cierto. Porque le duele. Porque siempre hay dolor cuando los sentimientos de dos personas no coinciden.

Ambos continúan con sus manos unidas. Ninguno de ellos las separa por miedo, por si no vuelven a tenerlas juntas nunca más.

No entiendo... no entiendo..., se deshace una voz.

Ambos lloran, porque ambos sienten dolor, porque solo es uno de ellos el que se va, pero son los dos los que se separan.

* * *

Unas horas antes, a unos kilómetros de la habitación

La luna observa cómo dos cuerpos se abrazan de nuevo. Juegan con sus labios, se aprietan, se duelen, se muerden con los dientes y sus lenguas recorren cada rincón de la boca del otro.

Y, poco a poco, con cuidado, sus manos comienzan a buscar esas nuevas zonas que aún no se han atrevido a explorar.

* * *

Ale, que no entiende la situación, comienza a separar las manos lentamente. Y es quizás ahí, justo en ese desandar de sus dedos, cuando nace el germen que transforma el amor en odio. Ese instante en el que el compañero de vida comienza a convertirse en enemigo.

No lo entiendo...
Y una garganta que sangra con cada letra continúa expulsando palabras de vidrio:
He conocido a otra persona...
No quería... ha surgido...
Te prometo que no lo he buscado...
No quería pero...
Lo siento...
Es que...

Silencio.

La otra parte de la pareja sigue sin entender nada de lo que está ocurriendo. Ha sido tan repentino, no ha habido ningún aviso, ninguna señal, no ha tenido tiempo para reaccionar.

Pero...
Pero...
Si lo teníamos todo...

Y quizás para Ale eso fuera cierto, porque cuando uno no busca nada nuevo siempre le parece tenerlo todo. El principal problema de una pareja es que la forman dos personas, y eso siempre implica dos visiones distintas de la vida.

Después de kilómetros de silencio aparece la pregunta, la primera, la que no arregla nada pero que es inevitable.

Ale se prepara para recibirla.

* * *

¿Quién es?

¿Quién es?

Se escucha una voz en medio de una tormenta en la que de momento no hay gritos, porque aún no hay guerra, solo ese aturdimiento inicial tras el estallido de una bomba.

—¿Qué más da? —responde con los ojos casi cerrados, como intentando no ver a quien le pregunta.

—¿Quién es? —insiste con los ojos abiertos, mirando fijamente a quien no contesta.

En realidad ambos saben que es una pregunta que no va a arreglar nada. Porque da igual quién sea, uno de ellos amará a esa persona y el otro la odiará. Quizás la respuesta pueda influir ligeramente en el grado de dolor, porque no es lo mismo que sea un desconocido o un amigo común.

—¿Quién es? —vuelve a preguntar.

Pero Ale sabe que es inútil alargar el sufrimiento, pues al final se acabará sabiendo, no tiene ningún sentido seguir ocultándolo.

—Alguien que no conoces, del trabajo —responde.

Silencio.

Ale ha cubierto ya su curiosidad, pero no ha arreglado nada. Saber que es un desconocido, alguien del trabajo, no le ha rebajado nada el dolor, la confusión, la tristeza... todo eso sigue ahí, igual que antes de conocer la respuesta.

Quizás por eso lanza otra pregunta, pensando que así puede mitigar algo todo lo que siente, aunque en realidad la respuesta ahora solo puede empeorar las cosas.

Aun así la hace, hace la segunda pregunta.

Y Ale se prepara para la respuesta.

*   *   *

¿Desde cuándo?

¿Desde cuándo?

Ale sabe que debe responder, y que la respuesta puede ser mucho más peligrosa que la propia pregunta. Por eso debe evaluar qué es mejor: si decir la verdad o una mentira que suavice el dolor: casi un mes, unas semanas, unos días... ¿Cuál es la mejor respuesta? ¿La verdad o la mentira?

Complicada.

—¿Desde cuándo estáis juntos? —insiste.

—¿Juntos? —se pregunta Ale, y sin querer le nace una pequeña sonrisa. No lo ha hecho a propósito, ni mucho menos, pero le ha hecho gracia eso de juntos, como si ya tuviera una nueva pareja, como si...

—¿Te hace gracia? Yo no le veo la puta gracia —grita Ale mientras golpea la pared.

—No, no, no —casi suplica Ale—. No me estoy riendo, es que has dicho eso de juntos como si estuviéramos desde hace tiempo con esto...

—Bueno, no sé cuánto tiempo me has estado engañando —sube el tono de voz.

—Engañando, no, no... Ha sido hace muy poco, porque he sentido algo y no quería sentirlo, y al final, y quería contártelo, te lo he contado enseguida. Ya sabes que soy incapaz de guardar un secreto, que se me nota, que no se me da bien... Te lo he contado enseguida, lo último que quería es hacerte daño... En cuanto he sentido algo te lo he contado.

Silencio.

—Pero, podrías haberlo parado.

—¿Parar el qué?

—Pararlo, eso de sentir algo —insiste.

—Pero ¿cómo se paran los sentimientos? ¿Cómo lo hago?

—¿Podrías no haberte enamorado?

Y en ese mismo instante Ale se da cuenta de que su pareja lo sabe, sabe que se ha enamorado, porque conoce de memoria sus ojos, su mirada, su forma de hablar. Y aun así Ale no sabe qué responder. ¿Cómo puede una persona dejar de enamorarse?

Silencio de nuevo.

Hay un clima de tensión que ninguno de los dos sabe gestionar. Ale se mantiene en la cama intentando buscar la calma. Su pareja no deja de andar por la habitación, maldiciendo todo, golpeando de vez en cuando alguno de los objetos que tiene alrededor.

De pronto se queda de pie y hace una nueva pregunta.

La que puede hacer que el dolor sea aún más grande, mucho más grande.

Y llega la pregunta.

* * *

Unas horas antes, a unos kilómetros de la habitación

Dos cuerpos permanecen abrazados en la terraza de un edificio. Se aprietan el uno contra el otro y por un momento olvidan que tienen otras vidas fuera de aquel lugar. Por un momento se sienten dos adolescentes escondidos en algún garaje en las afueras del instituto.

Se besan con intensidad, ninguno de los dos recuerda haber disfrutado de un beso tan eterno con sus parejas durante los últimos años.

Y ahí, en ese intercambio de saliva, de pronto, la mano de ella se interna bajo la camiseta de él. Y es entonces también cuando la mano de él le desabrocha los pantalones a ella.

Justo en ese momento todo se detiene.

Ambos se miran.

Espera... se escucha en la noche.

¿Habéis follado?

¿Habéis follado?

Y todo se queda en silencio.

Ale se pregunta si después de casi un año sin hacer el amor entre ellos tiene algún sentido contestar a eso.

¿Habéis follado?

Y el silencio que permanece consigue que quien ha hecho la pregunta no pueda contener su rabia.

—¡¿Habéis follado?! —grita—. ¡No es tan difícil la pregunta! ¡Solo quiero saber si ya habéis follado!

—No grites... el niño... —casi susurra Ale para intentar calmar el momento.

—¿El niño? Seguro que no pensabas en el niño mientras follabas..., ¿verdad? ¿A que no pensabas en tu hijo? ¿A que no pensabas en nada de eso? ¡A que no! —vuelve a gritar cada vez con más odio.

Lágrimas, las primeras lágrimas.

—¡¿Habéis follado o no?! —grita aún más pegando un golpe en la pared.

Y Ale no sabe qué contestar, porque no sabe qué es peor: si el silencio o la respuesta.

—¡¿Habéis follado?! —grita.

Ale abre la boca y comienza a nacer una palabra...

*   *   *

Unas horas antes, a unos kilómetros de la habitación

Espera...

Se escucha en una terraza donde dos cuerpos se acercan.

Y durante unos segundos todo se detiene: sus manos, sus miradas, sus palabras...

Espera...

Pero ninguno de los dos espera: él, tan nervioso como si fuera la primera vez, se quita los pantalones con torpeza; ella también, se tira tan bruscamente del cinturón que salta la hebilla.

No deberíamos hacer esto, dice una voz.

No deberíamos hacerlo, contesta la otra.

Se miran, medio desnudos, temblando.

Y durante unos segundos ambas mentes dudan. Como

si el hecho de haber llegado hasta ese punto no fuera ya importante. Como si las palabras, las llamadas a escondidas, las risas cómplices, los besos en el ascensor, las notas escondidas en los cajones, los mensajes en el móvil, los pensamientos nocturnos... no hubieran construido ya un punto y aparte. Como si la infidelidad solo se hiciera real con el sexo.

Él la mira como pidiendo permiso.

Ella lo mira como pidiendo perdón.

Se agarran con fuerza.

Y ambos follan como hace años que no follaban con sus parejas.

Gritan en la noche.

Y sus voces se pierden en el cielo de la ciudad.

Gritan, gimen, vuelven a gritar sabiendo que ya no queda nadie en las oficinas, quizás el vigilante que hay en la planta baja, pero no piensan que los gritos lleguen hasta ahí, bueno, en realidad no piensan en nada.

En apenas unos minutos ella se corre como hacía años no lo hacía. En apenas unos minutos él vuelve a sentirse en el vacío y en el infinito a la vez.

Acaban.

Cogen aire, todo el que pueden.

Ha sido breve pero intenso.

Se tumban, desnudos, sobre el suelo de la terraza y miran hacia el cielo, la luz no les deja ver ninguna estrella.

Se cogen la mano y cierran los ojos.

Y durante muchos minutos, ninguno de ellos se atreve a

abrirlos porque saben que eso significará volver a una realidad que los juzgará sin piedad.

Silencio.

Noche.

Su tacto.

Y de pronto se escucha algo que ninguno de los dos esperaba oír, que ninguno de los dos esperaba decir, al menos tan pronto, al menos esa noche.

Te quiero.

Ahí ya está casi todo perdido.

Te quiero, dice la otra voz. Ahí ya está todo perdido.

* * *

¿Habéis follado?

Y finalmente Ale decide contar la verdad, quizás porque es cierto que no sabe guardar secretos, porque se le nota en los ojos cuando miente y porque a estas alturas qué más da.

—Sí... —confiesa, pero como le quema la conciencia añade una frase que nunca sabremos si servirá para mejorar o empeorar la situación— pero solo una vez.

—¡¿Por eso ya no follabas conmigo?! —le grita de nuevo Ale moviéndose por la habitación.

—¡Pero si esto ha sido hace muy poco! —le contesta pensando que en realidad ha sido hace unas pocas horas.

—¡Eso es lo que dices tú! —protesta.

—Te lo prometo.

—¿Me lo prometes? —y Ale comienza a reír—. ¿Me lo prometes?, dices. ¿Cuánto? ¿Cuánto tiempo llevas mintiéndome?

—Te juro que no...

—¡Mentira! ¡Mentira! —grita cada vez más.

Y de pronto un golpe contra la puerta del armario, contra la pared...

—¡Tranquilízate! —grita también Ale.

—¡¿Que me tranquilice?! —grita aún más.

Y a partir de ese momento comienza una avalancha de gritos, insultos, reproches, amenazas... hasta que ocurre algo que lo detiene todo.

* * *

Un niño de cuatro años aparece bajo la puerta llorando, con los ojos tan abiertos como puede estar alguien que acaba de descubrir a sus padres odiándose.

Ale, al ver a su hijo, piensa en el futuro, en los momentos que todos se perderán como familia. Se imagina al pequeño preguntando por qué no están los tres en casa. Piensa en la vida del niño junto a otra persona, quizás en otro hogar... ¿Cómo será todo a partir de ahora? ¿Qué cosas se perderá? ¿Por qué ha tenido que hacerlo? Y es en el interior de ese huracán de preguntas cuando aparece con fuerza la culpa. La culpa por haber conocido a otra persona, por haberse enamorado de nuevo, por querer ser feliz de nuevo. Una culpa que será su compañera durante los próximos meses.

Ale, al ver a su hijo, piensa también en el futuro que les espera, en todos los momentos que se perderán como familia. Piensa que todo eso va a pasar sin quererlo, sin haber podido opinar, porque es la otra persona la que ha decidido romperlo todo, la que ha decidido estropear algo tan bonito. Se pregunta también cómo ha podido ocurrir, cómo han llegado a esto, por qué tan solo hace cuatro años tuvieron un hijo en común... si había amor en ese momento ¿qué ha cambiado desde entonces?

Quizás, aunque eso ya no lo piensa, el problema es que no ha cambiado nada.

* * *

La esperanza

Suena el despertador para nadie, porque esa noche nadie ha podido dormir. Ni siquiera el niño, que no ha dejado de llorar hasta bien entrada la madrugada, como si sospechara que el universo que lo rodea va a explotar en breve.

Ha sido una noche de preguntas sin respuestas, de momentos de rabia, de miedo, de esperanza, de dudas y, sobre todo, de culpa. Y, por supuesto, de dolor para ambos. Durante esa noche dos mentes han recorrido todos los kilómetros de vida que crearon juntos. Han recordado los momentos que ya no existirán: las comidas familiares en la casa de campo de los abuelos, las veladas eternas en navidades, las cenas con amigos en común, la semana de acampada con todos los primos...

Y ¿a cambio de qué?,

ha preguntado la Duda.

A cambio de una relación que ni siquiera sabe si saldrá bien, ha respondido la Culpa.

Hoy dos personas que han compartido una misma cama durante tantos años han amanecido en habitaciones separadas. Su primer pensamiento ha sido la sorpresa al descubrir que a su lado había un vacío que no lo ocupa nadie. A los pocos segundos han sido conscientes de que hubo una tormenta tan grande que casi se hunde el barco.

Se han despertado desorientados, como si no supieran muy bien qué hacer fuera de la rutina a la que están acostumbrados.

Uno de ellos ha conseguido encarrilar esa inercia yendo a despertar al niño, como cada mañana. La otra parte de la tripulación ha aprovechado ese momento de vacío en la nave para ir a su habitación a coger la ropa.

A partir de ese momento ambos intentan, en un espacio tan pequeño, no encontrarse.

Finalmente, tras muchos minutos esquivándose, sus cuerpos coinciden en la cocina.

Uno de ellos sienta al niño en la mesa, le pone con cuidado la leche en la taza, le añade los cereales y con un *cariño, cómetelo todo...* que casi no puede pronunciar huye corriendo hacia la terraza.

La otra parte se queda a solas con su hijo, que le mira extrañado.

—No pasa nada, no pasa nada, creo que no se encuentra bien, voy a ver qué le pasa y ahora vengo. ¿Puedes desayunar tú solo? —le dice mientras le da un beso en la frente.

—Síí —contesta el niño sonriendo.

—Perfecto, ahora mismo vengo.

Ale se dirige también hacia la terraza.

Sale lentamente.

Se acerca al cuerpo que ahora mismo está apoyado en la barandilla mirando al exterior.

Le toca suavemente el hombro y ambos se miran con cristales en los ojos.

Tiemblan.

Tienen ganas de abrazarse pero les da miedo hacerlo.

Uno de ellos alarga la mano.

El otro se la coge.

Entrelazan sus dedos de esa forma tan especial, tan suya.

Se aprietan sus manos, con fuerza y también con miedo.

Y finalmente se abrazan.

Para uno de ellos ese abrazo significará esperanza, para el otro solo dudas.

Poco a poco, sin saber muy bien cómo hacerlo, ni siquiera cuándo hacerlo, se van separando de nuevo. Pero mantienen sus manos juntas, como si ese tacto fuera el cordón umbilical de su relación.

—¿Qué te parece si dejo esta noche al niño con mis padres? —pregunta Ale.

—¿El niño? Bueno... sí, vale... —responde desde el interior de las dudas.

—Perfecto, yo llamo a mi madre y me invento lo que sea, que nos han invitado a una cena en la empresa o con amigos.

—Vale.

—Vale.

Y ambos separan sus dedos lentamente.

Es al entrar de nuevo en casa cuando se encuentran a su hijo de pie en el comedor, llorando, con la ropa manchada de leche, con cereales pegados en el pecho de la camiseta, las manos y el cuello.

—No pasa nada, cariño, no pasa nada... —dice Ale llorando mientras lo acompaña de nuevo a la habitación.

Después de cambiarlo, se lleva al niño al colegio como ha hecho siempre, intentando así reconducir una mañana que se ha desviado demasiado de lo habitual.

Pero hoy ocurrirá algo diferente, hoy Ale comenzará a valorar cada uno de los instantes de su rutina, como el beso —hoy en la mejilla— de despedida que su pareja le ha estado dando durante años justo antes de salir por la puerta cada mañana.

Ale, la otra parte, se queda, como siempre, un rato más en casa. Siempre aprovecha esos momentos para recoger la cocina y hacerse un café. Mientras coloca los platos observa todo lo que le rodea, como si de alguna forma su vida ya fuese otra, como si estuviera viviendo en el decorado de una película.

Sale a la terraza con la taza en la mano y desde allí, como cada mañana, observa el despertar de la ciudad.

Pequeñas vidas en el interior de la vida. Últimamente imagina ser una de ellas, a veces le gustaría cambiar su vida por la de cualquiera de los que pasa por la calle, aunque fuera por un día, aunque fuera por unas horas.

Al ver a una pareja cogida de la mano piensa en esa persona que le espera en el trabajo, esa persona de la que se está enamorando. Echa de menos sus miradas escondidas, sus risas, sus palabras al oído cuando pasa por su lado, ese rozarle los dedos cuando le da un vaso de café delante de todos los compañeros...

Coge el móvil y abre su contacto. Está a punto de enviarle un corazón, pero se acuerda de su pareja, de todo lo ocurrido y finalmente decide no hacerlo.

Dudas.

Continúa observando desde su terraza las vidas que vienen y van. A los pocos minutos mira en dirección al parque y fija sus ojos en un pequeño rincón escondido entre un grupo de árboles.

* * *

Ale baja junto a su hijo en el ascensor, en dirección al garaje. Y durante ese pequeño trayecto se fija en todo lo que le rodea, en cada detalle, en el número de plaza escrito en el suelo con pintura blanca, casi desgastada; en el extintor en la pared; en los pequeños movimientos que realiza para colocar a su hijo en la sillita; se fija en la forma de arrancar el coche que con tanta ilusión compraron.

Se fijará también en las calles por las que pasará de camino al colegio, en la forma en que se despedirá de su hijo, en la cafetería que hay enfrente de su trabajo... esa en la que tantas veces Ale le esperaba al final de la jornada para darle una sorpresa. ¿Por qué dejó de hacerlo? Quizás porque nunca lo valoró lo suficiente.

Aún tiene la esperanza de que haya sido algo pasajero, de que solo haya sido una vez, de que no haya sentimientos...

Se promete volver a reactivar la relación, intentar que vuelvan aquellos momentos de felicidad inicial. Se promete volver a cuidarse para atraer más a su pareja, darle de vez en cuando una sorpresa, preparar alguna cena...

Hoy ha decidido salir antes del trabajo para buscarle un regalo especial. Comprará también unas velas, las de vainilla, que son sus preferidas; quizás un buen vino, aquel que tanto le gustó en Navidad, el de la tienda que hay en el centro comercial; pedirá comida en su restaurante favorito...

Se ha propuesto preparar esa cita por la tarde con su pareja como si fuera la primera, con la esperanza de que no sea la última.

* * *

Un chico aparece unos minutos antes de las ocho de la mañana por la esquina. Cruza la calle como siempre y se mete en la única zona del parque invisible desde los edificios, un pequeño rincón rodeado de árboles.

Después de unos minutos allí sale y se pone a buscar flores. En realidad no hay demasiadas, casi ninguna, y las pocas que hay están sepultadas por la nieve, hacía años que no nevaba tanto, que no hacía tanto frío.

Encuentra una y la corta, y otra más allá, y otra escondida... finalmente consigue juntar unas diez. Las une con un lazo que traía en el bolsillo.

No le sale demasiado bien, en realidad es casi un desastre: algunas de ellas se rompen en el intento, otras pierden sus pétalos, las más están estropeadas, pero en realidad los ojos que van a mirarlas seguramente ni se fijen en las flores.

Con el ramo en una mano se acerca a uno de los columpios, quita la nieve que lo cubre y se queda allí, balanceándose, a la espera.

A los pocos minutos, de un portal cercano sale una chica que lleva luz en la sonrisa. Va con un gorro de lana, un abrigo que le cubre hasta las rodillas y unos guantes rosas. Se queda extrañada porque no está ahí el chico que cada mañana va a buscarla.

Mira entonces hacia el parque, en dirección a los columpios y le vuelve la sonrisa. Arranca a correr a través de la nieve, como si cada segundo de vida sin él fuera un segundo perdido.

Al acercarse llega con tanta fuerza que al intentar frenar se resbala, pues parte de la nieve se ha convertido en hielo durante la noche. Se choca contra él. Y los dos caen al suelo, junto al ramo.

Ale, desde la terraza, cierra los ojos y sonríe.

Tras mil besos el chico recoge el ramo y se lo entrega.

—Es para ti —le dice nervioso, mirando al suelo, como si le diera vergüenza.

—¡Me encanta, me encanta, me encanta! —le contesta ella casi saltando.

—Pero si están todas las flores rotas... —se lamenta mientras intenta recoger alguna.

—Bueno, puede que las flores estén rotas, pero el ramo es perfecto, me encanta.

Y allí, sentados en el suelo, sobre la nieve, se abrazan y se vuelven a besar.

Ella se pone de pie de un salto con lo que queda de ramo aún en la mano y se sube al columpio.

Y él la empuja.

Y la chica vuela, y el ramo con el movimiento se va deshaciendo en el aire.

Y ambos ríen.

Después de muchos minutos se dan cuenta de que es tarde, muy tarde.

Ella salta del columpio.

Él deja de columpiar.

Salen corriendo.

* * *

Ale, desde su terraza, sonríe y llora a la vez.

Mira la taza y aún la tiene llena, el café ya está frío.

Suspira y se mete en la casa.

Es al acceder al comedor cuando le da la impresión de que todo es distinto.

Se sienta en el sofá, en silencio, inmóvil.

Piensa en su pareja, en su hijo, en todo lo que puede cambiar su vida dependiendo de la decisión que tome... y de pronto le suena el móvil. Es un sonido distinto, un sonido que viene de una persona distinta.

En ese instante se acuerda de la otra parte de la historia, la que ha conocido en el trabajo, la persona con la que ayer hizo el amor. La que le ha estado escribiendo toda la noche. La persona que puede hacer real el naufragio.

A la que no se ha atrevido a contestar.

❊   ❊   ❊

El día va avanzando para dos personas que, por primera vez en mucho tiempo, se preguntan qué estará haciendo la otra mitad de la pareja, cómo se encontrará, en qué estará pensando, con quién estará hablando...

Uno de los dos solo tiene un pensamiento en la cabeza: intentar llegar a casa lo antes posible para ver si puede arreglar la situación.

La otra parte hoy ha estado muy fría en el trabajo, no ha salido de su planta, no ha ido ni siquiera a la máquina de café, no ha utilizado el ascensor para nada.

Se ha mantenido en su silla todo el día, sin apenas levantarse, quizás por miedo a encontrarse con preguntas.

Aunque finalmente las preguntas han llegado.

—¿Ha pasado algo? —le sorprende una voz mientras una mano le acaricia disimuladamente el cuello.

Es en ese tacto cuando los dos saben que existe la magia, porque ha bastado un segundo de unir sus pieles para que ambos se estremezcan.

—Sí... —susurra—. Al final... Al final se lo he tenido que contar. Todo.

—¿Qué? —se sorprende mientras abre exageradamente los ojos y le coge de la mano disimuladamente.

—Calla, calla, no hables tan alto que nos pueden oír, ya sabes que aquí...

—¿Se lo has contado? —le pregunta de nuevo sentándose en la mesa, justo a su lado.

—Sí, se lo he contado. No soy capaz de ocultar nada, no sé mentir.

—Sí, sí... —tiembla—. ¿Y qué? ¿Qué ha pasado?

—Si no te importa hablamos mañana..., hoy no tengo ganas de nada, lo siento, ha sido una mala noche, muy mala, y el niño, y todo... Creo que voy a decirle al jefe que me encuentro mal, me voy a casa.

—¿Quieres que te lleve? ¿Necesitas algo? —le pregunta mientas se levanta.

—No, no, gracias, mañana hablamos. Solo necesito tiempo, solo eso.

—Vale... llámame para cualquier cosa —y está a punto de darle un beso allí, delante de toda la oficina. De hecho inicia el gesto pero lo detiene justo a tiempo.

Ale, tras hablar con su jefe, coge el coche y se va a casa. Lo aparca en una de sus dos plazas, juntas. Observa los dos números consecutivos pintados en el suelo.

Suspira.

Coge el ascensor y nada más entrar en casa se va directamente a la terraza, como si ese fuera el único lugar de su hogar que le permite respirar.

Y allí, observando las vidas pasar, intenta imaginar cómo será la conversación que tendrán cuando su pareja llegue. Sabe que por más que lo intente preparar, todo volará por los aires en el primer minuto.

Y de pronto recibe un mensaje de su pareja.

Al leerlo se sorprende, hace tanto tiempo que no le envía un mensaje así: *tengo ganas de verte.*

Y la culpa comienza a inundar su cuerpo.

A las dos horas escucha cómo se abre la puerta, *¿cómo es posible que un sonido tan rutinario ahora le dé miedo?*, se pregunta.

Escucha también unos pasos familiares que se acercan.

—¿Ale? ¿Estás en casa? —pregunta una voz.

—Estoy aquí fuera... —susurra.

Ale camina por el pequeño pasillo hasta el comedor, lo cruza lentamente y sale de forma tímida a la terraza. Se sitúa al lado de su pareja, ambos apoyados en la barandilla.

—¿Vaya, ya estás aquí? —le pregunta—. Pensé que llegarías más tarde, quería prepararte una sorpresa.

—Sí, no me encontraba bien, me he venido antes a casa —le dice sin apenas dirigirle la mirada.

—Yo tampoco he estado bien. He estado pensando en todo lo que ocurrió ayer, en nosotros...

Nosotros.

Y se quedan en silencio.

Ninguno de los dos sabe cómo continuar.

Ninguno de los dos se imagina cómo va a acabar el día.

*   *   *

La oportunidad

Se quedan durante unos minutos de pie sin decir nada más, simplemente mirando hacia la calle.

—¿Vamos adentro?

—Claro, claro.

Se dirigen hacia ese sofá que han compartido durante tantos años, en el que se han quedado dormidos tantas veces, abrazados, cogidos de la mano, cuerpo con cuerpo. Ahora, en cambio, se sientan cada uno en una esquina, como si tuvieran miedo a rozarse.

Ambos recuerdan que tan solo unos días antes estaban ahí, juntos, mirando la televisión, sin darse cuenta de que podían perder a la persona que tenían al lado, sin darse cuenta de que hasta la rutina puede decidir huir un día.

Se sientan como siempre pero en una situación que no han vivido nunca. Ninguno de ellos sabe por dónde empezar.

A uno le gustaría volver a hacer las preguntas: *cuándo, por qué, quién, dónde...* pero sabe que eso no ayudaría en nada.

La otra parte de la pareja está ahí porque la culpa le consume por dentro, porque sabe que sus acciones están hundiendo lo que estuvieron construyendo durante muchos años. Y, por supuesto, está ahí porque tiene dudas: por el niño, por sus padres, por la familia, por los amigos, por todo lo que aún les une, por el futuro... porque piensa si sería posible volver a ser la pareja que fueron.

—¿Cómo estás? —le pregunta Ale.

Y de pronto Ale rompe a llorar.

Llora porque hace tiempo que esperaba esa pregunta, meses, años... Llora porque su boca tampoco la formuló nunca. Y llora porque quizás la pregunta llega tarde, y eso también duele.

Silencio.

Pasan unos minutos eternos en los que ninguno de los dos dice nada, solo se observan pero apartando las miradas.

Hasta que se escuchan dos palabras.

—Te quiero —susurra quien aún tiene esperanza.

—Lo sé —contesta la otra parte.

—Te quiero, te quiero mucho y no quiero perderte, me niego a que todo lo que hemos construido juntos se acabe aquí. No puede ser, no podemos dejarlo todo ahora.

Silencio.

—Lo sé...

Y vuelven las dudas.

—Te quiero mucho —insiste mientras se da cuenta de que le ha dicho más veces *te quiero* en cinco minutos que en los últimos dos años.

El problema es que ambos se dan cuenta de eso.

—Yo también te quiero —se escucha desde la otra parte.
Silencio.

Y llega el primer contacto: un cuerpo extiende un brazo que a su vez abre una mano. El otro cuerpo, dudando, lentamente la coge, pensando en la pareja que a veces ve paseando por la calle desde la terraza. Intentando revivir el sentimiento de otros en ellos mismos.

Un escalofrío recorre las dos vidas. Dos pieles se erizan al contacto.

Se mantienen así, durante una eternidad, con las manos unidas, como hace mucho tiempo no lo hacían.

Lo siento, se escucha.

Pero depende de quién lo diga puede significar una cosa u otra.

* * *

Lo siento.

Siento todo lo que no he hecho durante los últimos años, siento no haber compartido más momentos contigo, siento no haberte acompañado a tantos lugares, siento no haberme dado cuenta de lo que pasaba, siento no haber reído, siento no haber preparado desde hace tiempo aquel plato de pasta que tanto te gustaba; siento no haber planeado una escapada los dos juntos, cualquier fin de semana, a cualquier sitio, tú y yo; siento no haberte preguntado por tus proyectos, no haberme interesado por todas las cosas que estás consiguiendo en el trabajo... Siento no haber valorado cada beso de despedida por las mañanas, siento no haberte agradecido los días que venías a almorzar conmigo, siento no haberte enviado más mensajes de cariño, lo siento tanto, lo siento todo.

Y entonces las lágrimas comienzan a caer por un rostro que se derrumba.

Lo sé, lo sé —contesta la otra parte— *no has sido solo*

tú, hemos sido los dos, hemos dejado ir todo lo que teníamos. Nos hemos ido dejando llevar hacia ningún sitio. Yo también lo siento, siento no haberles dado importancia a los pequeños detalles, siento no haberme dado cuenta de que nos alejábamos, siento no haber hablado antes contigo, no haberte dicho que a veces me sentía a la deriva... Creo que supimos amarnos al principio, también supimos querernos después, pero durante los últimos años no hemos sido capaces de mantener lo que teníamos. Los dos deberíamos... Deberíamos haber hecho algo.

Silencio.

Pero podemos conseguirlo, y aprieta con fuerza su mano, podemos darnos otra oportunidad y hacerlo bien esta vez, podemos continuar con esto.

Por nosotros, por el niño.

Por el niño.

* * *

Por el niño

Ale vuelve a dudar, porque le duele la culpa, porque piensa que quizás todo ha sido un capricho y en realidad solo buscaba fuera el cariño que en su casa no tenía. Le llega un sentimiento de tristeza que le va rodeando el cuerpo.

De pronto se arrepiente de todo lo que ha hecho durante los últimos días: de las sonrisas en el café, de los mensajes a escondidas en el trabajo, de buscarse en el ascensor, de las miradas disimuladas, de esas visitas a la terraza, de los besos... Le gustaría que todo lo vivido fuera un sueño y despertar de nuevo en ese mar en calma, en su habitación de siempre, en su familia.

¿Y si en la nueva relación en realidad no hay amor, si solo hay novedad? ¿Y si es algo pasajero? ¿Y si solo buscaba lo que no tenía en casa? ¿Y si solo quería vivir lo que estaba viendo cada día desde su terraza?

Con cada pregunta se va derrumbando.

Y su pareja lo nota.

Ambos cuerpos se van acercando.

Se abrazan.

Y permanecen así, abrazados, durante varios minutos.

Poco a poco se van separando pero no del todo: sus rostros se quedan a la distancia de un beso. Una distancia pequeña pero que a veces se puede tardar un mundo en recorrer.

Y se besan. Casi con miedo.

Se besan como hace años no lo hacían.

Se besan con rabia, con intensidad, con necesidad, con desesperación, pero también con culpa, con dudas y con remordimientos. Incluso se podría decir que en muchos de esos besos aún queda algo de amor.

Y así, besándose, descubriendo de nuevo el sabor de la piel del otro, ambos comienzan a desnudarse.

Tiran toda la ropa por el suelo como en aquellos primeros días en los que no tenían muebles, en los que no tenían prácticamente nada.

Ella se tumba en el sofá, se abre de piernas.

Él se pone sobre ella, se acerca nervioso, como si fuera la primera vez. La mira directamente a los ojos... y los dos se unen, haciendo el amor como dos desconocidos, empujándose con rabia, sin cambiar la posición, con un ritmo acelerado.

Así permanecen varios minutos hasta que uno de los dos acaba.

Y se abrazan, mojados, durante un instante.

Y se quedan en silencio.

Y poco a poco sus cuerpos se separan, precipitándose hacia cada una de las esquinas del sofá, dejando un precipicio entre sus miradas.

Y es justamente ahí cuando toda la esperanza se derrumba.

*   *   *

Ale se da cuenta de que no es eso lo que quiere. Que ha sentido un placer vacío, que ha habido más culpa que ganas. Se da cuenta de que tiene el cuerpo desnudo e intenta taparse lo más rápido posible.

A Ale, la otra parte de la pareja, también le ha ocurrido algo parecido: ha sentido más esperanza que placer. En realidad, nada más acabar de hacerlo, lo primero que ha pensado es en cómo habrá sido el sexo de su pareja con esa otra persona: cuántas veces lo habrán hecho, desde cuándo le han estado engañando, si ha sentido más o menos placer, qué otras cosas hacían juntos...

Y es entre todos esos pensamientos cuando una duda le llega a la mente. Una duda terrible, tan terrible que incluso su pareja nota que le ocurre algo. Necesita saberlo, necesita preguntarlo.

—Ale... —comienza.

—Dime... —contesta desde el otro extremo del sofá.

—Tengo una pregunta...

—Dime... —con miedo.

Se queda en silencio. Porque si aún queda alguna esperanza, la respuesta a esa pregunta puede destrozarlo todo.

—Bueno, no... Nada, nada...

—Dime... dime.

—No, nada, de verdad, nada...

Ale no se atreve a hacer la pregunta... de momento.

* * *

El odio

Ale se despierta sin haber dormido.

Ha sido una noche tan llena de dudas que ha estado cambiando de opinión en cada suspiro.

Continúa con los ojos cerrados imaginando que todo ha sido un sueño, pensando que alargará el brazo y ahí estará su pareja. Se gira lentamente hacia la izquierda, mueve su mano y es al tocar la nada cuando se da cuenta de que alrededor solo hay realidad.

Abre los ojos y, aunque ve la misma habitación de siempre, sabe que todo ha cambiado.

Se levanta lentamente —nunca le ha pesado tanto el cuerpo—, entra en el baño y, al mirarse al espejo, descubre un cuerpo que ha envejecido años en apenas unos días.

Sus pupilas se quedan varadas en los dos cepillos de dientes: uno azul y otro verde. Recuerda con ilusión aquel día en el que fueron al supermercado y compraron los dos primeros. Los pusieron en el interior de un pequeño vaso de cerámica: dos cepillos juntos, rozándose, compartiendo un mismo espacio, una misma casa: el símbolo de una vida común a estrenar.

Y mientras viaja al pasado con su mente escucha un ruido en la cocina. Tiembla, de miedo, de nervios... desearía estar ahora mismo lejos de allí, en cualquier otro lugar.

Suspira.

Sale del baño y se dirige hacia la cocina.

Ale está en la mesa, abrazando una taza de café con sus manos, mirando a la nada. Quizás observando también los pequeños momentos de una vida que ya se dibuja en pasado: la pequeña mancha entre dos azulejos de la pared que nunca se llegó a ir; la mesa auxiliar donde, después de cenar, acababan comiéndose el uno al otro; los más de treinta imanes en la nevera de todos los viajes que hicieron juntos. Hace tres años que no han puesto ninguno.

Ale se pone un café y se sienta también a la mesa.

Y dos desconocidos se quedan frente a frente.

—Lo de ayer fue un error.

Silencio.

—¿Por qué?

—Los dos lo sabemos...

—No, no. No lo sé, explícamelo —dice Ale intentando mantener la calma—. Yo solo hice el amor con mi pareja, nada más, ¿dónde está el error?

—El error ocurrió hace tiempo... cuando olvidamos por qué nos enamoramos.

—Es verdad que hemos ido dejando de hacer muchas cosas, pero podríamos haberlo hablado.

—Sí, podríamos haberlo hablado... pero ninguno de los dos lo hicimos, ninguno. Yo no hice nada, tú no hiciste nada, lo fuimos dejando pasar.

—Yo es que pensaba que todo iba bien... —dice mientras aprieta con fuerza la taza.

—¿Bien? ¿Cuánto tiempo hace que no viajamos? ¿Cuánto tiempo que no nos llamamos al trabajo para decirnos un te quiero? ¿Desde cuándo no recibes un mensaje bonito mío, cuándo fue el último que me enviaste tú a mí? ¿Cuánto tiempo hace que no nos sorprendemos el uno al otro? ¿Cuándo fue la última vez que nos reímos juntos?

Silencio.

—Pero si ya ni nos besamos.

—Sí lo hacemos —protesta.

—No, de vez en cuando juntamos los labios, pero eso no es besarse... Si ni siquiera hablamos. Cuando salimos por ahí siempre es con amigos porque si vamos solos no sabemos ni qué decirnos. Nos hemos convertido en unos compañeros de piso que tienen un niño en común.

Silencio.

Ale coge la taza, se la lleva a la boca, pero es incapaz de beber.

—Igual es que tú querías algo más, igual querías vivir una aventura, como en las películas, ¿no será eso? —intenta justificarse su pareja.

—No... no es eso.

Silencio.

—Además, ayer hicimos el amor, lo hicimos con pasión, ¿no? ¿Eso no significó nada? ¿No significó nada para ti? —insiste.

—Sí, lo hicimos, pero... —y Ale se detiene a tiempo porque sabe que lo que va a decir a continuación puede doler demasiado.

—¿Pero?

—No sé, no sentí lo que tenía que sentir.

—¿Qué tenías que sentir?

—No sé, Ale, ya lo sabes, lo que sentíamos al principio, esas ganas de hacerlo en cualquier momento, en cualquier lugar...

Silencio.

Y Ale piensa de nuevo en la pregunta que se le quedó varada en la boca anoche. La misma pregunta que no le ha dejado dormir.

—Ale... ¿ayer pensaste en otra persona mientras hacías el amor conmigo?

*   *   *

Silencio.

Ese tipo de silencio que duele más que cualquier palabra.

—¿Pensaste en otra persona mientras hacías el amor conmigo? —vuelve a insistir.

—No, no es eso, no es eso... es que no sentía lo que tenía que sentir —miente, porque sí pensó en otra persona mientras hacía el amor con su pareja, y comparó, y encontró las diferencias, no solo en el placer, sino en la ilusión. Y además le ocurrió algo extraño, muy extraño, mientras hacía el amor con Ale pensó que le estaba siendo infiel a quien ha conocido en el trabajo.

—¡No lo entiendo! —alza la voz.

—Ale, llevábamos casi un año sin acostarnos juntos, sin tocarnos, ¿tú lo ves normal?

—Bueno, seguro que no somos los únicos.

—Seguro, pero eso no lo convierte en normal. Si ya no lo hacíamos sería por algo.

—¡¿O por alguien?! —vuelve a gritar.

—¡Eso no es verdad! —grita también—. De todo esto solo hace unas semanas.

—¡¿Unas semanas?! ¡Y yo qué sé! ¡Eso no lo sé! ¡No sé una mierda! ¡No sé cuánto tiempo llevas engañándome!

—¡No hace falta que levantes la voz! —grita también.

—¡No vendrás tú ahora a darme lecciones! ¿Verdad? Me has engañado, te has follado a... ¡quienquiera que sea!

—¡¿Y tú no me has engañado a mí?! —le interrumpe con un grito aún más alto.

—¡¿Yo a ti?!

—Sí, ya sabes a lo que me refiero.

—No, no lo sé, ¡explícamelo!

—Ale, los dos teníamos sexo a escondidas, películas porno, aparatos, masturbaciones... ¿No es eso triste? ¿No es triste que deseemos estar a solas en casa para buscar lo que ya rechazamos hacer juntos?

—No es lo mismo, y lo sabes, no es lo mismo. ¡Tú me has engañado! —le grita mientras le pone el dedo a unos centímetros de su cara.

—¡Qué! —grita también—. ¿Vas a pegarme? ¡Eso es lo que quieres!

—¡Mierda, mierda, mierda! —grita Ale mientras da vueltas por la cocina.

—¡Cálmate!

—¡Que me calme! ¡Joder! ¿Por qué? ¿Por qué? ¡Joder! No me puedes hacer esto, no me puedes hacer esto ahora. ¡A mí, al niño, no me puedes hacer esto! —se desahoga mientras pega un golpe contra la pared.

—¡No te estoy haciendo nada!

—¡¿No?! —y en ese momento coge la taza y la aprieta tanto que parece que va a estallarle entre las manos. Ale observa cómo se le hincha levemente la vena por la cara, cómo la rabia va inundando su rostro. La tira contra el suelo.

Ale se asusta, se asusta mucho: le parece estar viendo a una persona que no conoce.

—Cálmate —le suplica—. Te quiero, nos queremos y eso no desaparece así como así, pero esto ya no funciona.

—No podemos seguir así porque te has acostado con otra persona —insiste.

—No, no podemos seguir así porque ya no queda nada de la ilusión que había entre nosotros.

—Pero podríamos haberla recuperado, había una posibilidad, pero te has acostado con...

—¡Déjalo ya! —grita Ale.

—¡Déjalo tú! —grita aún más.

Y de pronto, en una cocina en la que tanto se han querido, en la que han hecho el amor tantas veces, en la que han dibujado corazones en las paredes, en la que han comido una misma tostada a dos bocas... en esa misma cocina se van a escuchar palabras que jamás se han escuchado. Ale ha dejado escapar en un momento toda la rabia que ha ido acumulando durante los últimos días, porque al final todo explota.

Hijo de puta, hija de puta, cabrón, sinvergüenza, te vas a arrepentir de lo que me has hecho, te vas a cagar en todo, una mierda de persona, eso es lo que eres, te voy a denunciar, ¿tú a mí? Sí, a ti, a ti, como me toques, como te toque te mato, como me toques un pelo, eres una hija de puta, tú eres el hijo de puta, cabrón, les voy a contar a todos lo que eres, lo que me has hecho...

y así, tras casi media hora de insultos, llega la primera tentativa de agresión.

Uno de ellos coge un cuchillo.

*   *   *

—¿Qué vas a hacer con eso? —dice Ale temblando.

—¡Vete! ¡Vete de la casa! ¡Vete de mi vida!

—¿¡Yo?! Vete tú, no te jode.

—¡Que te vayas a la puta mierda!

—¿Y si no quiero qué? ¿Me vas a clavar el cuchillo? ¿Lo vas a hacer?

Y dos personas que se han llegado a querer como una sola, que hubieran llegado a dar su vida por el otro, ahora se odian como nunca han odiado a nadie.

Durante los siguientes minutos ambos cuerpos rozarán la agresión sin llegar a consumarla.

Durante esa batalla ninguno de ellos recordará los momentos en los que se quisieron más que a su propia vida: cuando ella tuvo un accidente con el coche y él estuvo ahí, día tras día, durante más de cinco semanas sin dejarla a solas ni un momento; cuando él tuvo que realizarse aquella operación y ella le ayudaba a vestirse, a lavarse, a comer... No se acordarán tampoco de todos los momentos que compartieron después del parto, de aquella primera noche de nervios, de ese mirar a su hijo mientras dormía, de la ilusión de darle el primer biberón juntos...

Tras muchos minutos, ambos se calman.

Ale da un portazo y se va. Baja en el ascensor llorando de rabia. Y una vez en el coche gritará contra la vida.

Ale se quedará en casa y como cada mañana saldrá a la terraza. Ahí, con lágrimas en los ojos, comenzará a observar las vidas de su alrededor: la mujer de vestido negro y aspecto cansado que cada mañana va a comprar el pan, siempre con la misma bolsa, siempre con el mismo rostro; el hombre que vuelve con un perro que casi no puede andar después de haber comprado el periódico; varias parejas de adolescentes que aprovechan los rincones del parque para besarse a escondidas; una pareja de ancianos que pasea lentamente sin dirigirse la palabra...

Y así, después de varios minutos, su mirada se detendrá de nuevo en el portal del edificio de enfrente. Son casi las 8.00 h.

* * *

Como cada día, un chico llega a las 8.00 de la mañana a un portal que ya conoce de memoria. Como siempre, se quedará allí observando los timbres pero sin llamar a ninguno. Sabe que a los pocos minutos, rara vez más de tres, bajará su chica.

Pero hoy pasa el tiempo y no sale nadie.

Se mira el reloj varias veces por si se hubiera confundido de hora. Pasan tres minutos más: seis.

El chico cada vez está más nervioso.

Está tentado de llamar al timbre, algo que nunca ha hecho... pero justo en ese momento se escucha un silbido potente que viene del parque que hay al lado. El chico se gira y ve allí a su novia, asomándose entre esos tres grandes árboles que esconden una zona que no es visible desde ningún edificio de alrededor. La zona donde él accedió el otro día con una navaja.

Al chico se le dibuja una sonrisa que no le cabe en la cara y va hacia allí corriendo, hundiendo sus pies en la nieve. *Corriendo.*

En cuanto llega se abrazan con tanta fuerza que parece que van a atravesarse.

—¿Lo has encontrado? —le pregunta él.

—Sí, claro, ¡Y me encanta! —le dice ella mientras le abraza.

—¿Te gusta?

—¡Claro! ¡Lo repasaremos cada semana! ¡Mira! —le dice mientras se saca una pequeña navaja del bolso.

—¡Te quiero! —grita.

—¡Te quiero! —grita ella también.

Y comienza a correr sobre una nieve que apenas está pisada, y se hunde, y se cae, y se levanta de nuevo y se sube a un columpio completamente helado, y no le importa.

Él va corriendo hacia ella.

Se pone detrás y la empuja.

Y ambos ríen, y gritan.

Ale observa el parque con lágrimas en los ojos.

Ya es la hora, pero hoy ha decidido que no va a ir a trabajar. Llamará y pondrá cualquier excusa.

En lugar de eso ha decidido bajar al parque, para ver qué hay en ese rincón de tres árboles donde tantas parejas se esconden.

* * *

Ale pasa uno de los peores días de su vida en el trabajo, su cuerpo permanece en la oficina pero su mente hace horas que se ha ido.

Se siente culpable por lo ocurrido en la cocina esa misma mañana. *¿Cómo han podido decirse esas cosas? ¿Cómo han podido amenazarse así? ¿Cómo han podido odiarse tanto en tan poco tiempo?*

Mira cada cinco minutos la hora. También el móvil.

* * *

Ale ha llamado al trabajo para decir que no se encuentra bien, que no irá. Le ha enviado también un mensaje a esa otra persona: *hoy me quedo en casa, lo siento, ya hablamos.*

Se pone unas zapatillas, unos pantalones y la primera camiseta que encuentra. Sale a la calle, llega al parque y comienza a caminar por su interior.

En ese momento no hay casi nadie: alguien corriendo, alguien paseando al perro, unos niños pequeños jugando en el césped... Mientras camina piensa en todas las parejas que se besan ahí por la noche, que se dan la mano, que se dicen te quiero, que se suben a los columpios...

Se acerca hacia uno de ellos, al que ve desde su casa.

Y se sienta en él.

Mira alrededor.

Comienza a balancearse como lo hacen las parejas de adolescentes. Al principio tiene vergüenza, no deja de mirar a los edificios de alrededor por si alguien está observando el espectáculo, pero poco a poco se va olvidando de todo. Cierra los ojos y se va columpiando cada vez más fuerte, más lejos.

Se pasa así varios minutos hasta que vuelve a ser consciente de lo que está haciendo. Sonríe, mira de nuevo alrededor y se baja.

Y allí, de pie, observa esos tres árboles que protegen la única zona que no puede ver desde su terraza.

Camina hacia allí, lentamente.

Accede al interior...

* * *

Ale sonríe mientras acaricia las marcas que hay en las cortezas de los árboles, marcas de enamorados, de cariño, de pasión, de vidas. Va leyéndolas una a una, intentando descifrar las iniciales que hay dentro de cada corazón.

Tras varios minutos allí, en silencio, comienza a caminar de regreso con una sensación extraña. Como si su cuerpo aún estuviera en el pasado pero su mente ya pensara en futuro.

Al entrar en casa lo primero que hace es tumbarse en el sofá.

Allí se quedará toda la mañana, hasta la hora de comer, mirando al techo.

Ale ese día come a solas, en absoluto silencio. Piensa en sus padres, en su hijo, en los amigos, en todos los compañeros del trabajo, en su futuro, en ese viaje que tenían programado, en esa parejita que no llegará...

Y así, tan lentamente, va asomando la tarde por la terraza.

Ale, la otra parte de la pareja, recoge al niño de la escuela y se va hacia casa. Ha sido uno de los días más tristes de su vida porque no ha dejado de pensar en el futuro que no será, en las cosas que ya no harán. A pesar de haber aguantado las lágrimas los compañeros han notado algo en sus ojos, *quizás un constipado*, ha dicho. Pero la verdad es que el dolor no le deja vivir, *¿cómo es posible que los sentimientos duelan tanto?*

Al final no ha hablado con su pareja en todo el día: ni un mensaje, ni una llamada... nada. Por eso ni siquiera sabe que no ha ido a trabajar.

Llega a su calle, a su garaje, a su ascensor, a su puerta... La abre con sus llaves, y el niño entra corriendo en casa.

De momento parece que la inercia de cada día pervive, como si no hubiera pasado nada, como si los lazos aún estuvieran intactos.

Al final las amenazas no se han cumplido y los dos continúan viviendo en la misma casa, a pesar de que apenas se dirigen la palabra.

Durante la cena se ignoran.

Lo único que ya comparten sus dos cuerpos es espacio, pues sus futuros están a demasiada distancia.

Acaban de cenar. Uno de ellos recoge la mesa mientras el otro acuesta al niño.

Y después de esa rutina diaria que aún permanece, los dos

se encuentran en el salón, en el mismo sofá de siempre, pero cada uno en un extremo.

Silencio a través de muchos minutos, como esa calma tensa antes de la batalla, como ese vacío antes de la tormenta.

—¿Qué tal el trabajo? —pregunta Ale—. ¿Hoy también has follado?

No hay respuesta.

Ale se levanta y se va corriendo hacia la habitación.

Y por primera vez en muchos años, utiliza el pestillo para cerrar la puerta por dentro.

El sofá se queda huérfano, como si alguien hubiera amputado una de sus partes.

Ale se arrepiente de lo que acaba de decir, sabe que eso no va a arreglar absolutamente nada. Va hacia su habitación, que aún es de los dos.

Intenta abrir la puerta pero no puede.

La golpea ligeramente.

—Lo siento... —susurra.

Pero no obtiene respuesta.

Vuelve a golpear con los nudillos, casi acariciándola.

—Ale, lo siento... perdona, abre —susurra de nuevo.

Silencio.

Pero la intensidad y la longitud de ese silencio comienza a despertar la rabia de la persona que espera fuera.

—¡Abre! ¡Esta habitación es tan mía como tuya! —levanta la voz.

Más silencio.

—¡Ale, abre! —grita.

Y ante la ausencia de respuesta pega un pequeño empujón a la puerta, no demasiado fuerte, pero lo suficiente para que el viejo cerrojo se rompa y la puerta se abra de golpe chocando contra la pared.

Ambos se asustan, porque ninguno de los dos se lo esperaba.

En realidad jamás utilizaron ese cerrojo para nada: antes de tener el niño no era necesario y cuando su hijo ya tuvo edad de andar nunca necesitaron cerrar la puerta porque nunca nada se hizo allí.

* * *

Alejandro y Alejandra están ahora juntos en la misma habitación que han compartido durante miles de noches: un pequeño espacio de amor que se ha convertido en un ring.

—¡¿Qué haces?! —grita Ale.

—Lo mismo que tú, estoy en mi habitación.

Silencio.

—Esto no puede seguir así. ¿Cómo has podido hacerme esto? ¿Cómo has podido? —insiste Ale.

—¡Ya vale! Solo me he enamorado de otra persona.

—¿Enamorado? ¿Te has enamorado? —se ríe.

—Sí...

—Pero no tendrías que haberlo hecho.

Y ambos se dan cuenta de lo absurdo de la frase.

Uno de ellos da un puñetazo en la cama y se sienta en una de las esquinas, la otra parte huye hacia la contraria.

Ale se levanta lentamente y se acerca a su pareja que se protege con la almohada. Se acerca y le pone la mano sobre el hombro como intentando calmar la situación, pero se la aparta con violencia.

—¡No me toques! —grita.

—Oye, no te pongas así, eh.

—Me pongo como me da la gana. Esta es mi casa y te vas fuera de aquí.

—Yo, ¿por qué yo?

—¡Porque tú has sido quien ha follado fuera de aquí, porque no has tenido ningún respeto por esta relación, porque has buscado a otra persona, porque eres...!

Y de nuevo gritos.

Y de nuevo insultos.

Y de nuevo aparece el niño llorando en la habitación.

* * *

Al día siguiente, dos cuerpos que apenas han dormido se levantan cada vez a más distancia el uno del otro.

Ambos se encuentran ahora en la cocina.

—¿Hoy estaréis juntos otra vez? —pregunta Ale.

—Ahora no, está el niño —contesta.

Y el niño les mira a ambos.

—Solo te he hecho una pregunta.

—Sí, claro, trabajamos juntos —responde.

Y vuelve el silencio incómodo.

Tras varios minutos Ale parece haber conseguido todo el valor necesario para juntar las siguientes palabras en una frase:

¿Qué puedo hacer para recuperarte?

Y esa pequeña pregunta impacta contra Ale, como un camión chocando contra un árbol. Ni los gritos, ni los insultos, ni las amenazas, ni siquiera los golpes contra la pared han tenido tanta fuerza como esa frase.

—Necesito tiempo... —responde sin apenas mirarle—. Tiempo para pensar, tiempo para aclararme, tiempo para... no sé. Tiempo, necesito salir de aquí, de todo, de mi vida...

—No lo entiendo, pero ¿qué tienes que pensar? Aquí lo tienes todo, tienes tu casa, tienes a tu hijo, aquí tienes a tu familia...

Y es cierto que ahí tiene muchas cosas, pero no todo. Porque por más veces que busque en los rincones de la relación, no va a encontrar ni siquiera restos de la ilusión que hace años se tenían.

—Necesito unos días... —suspira—. Me voy a ir este fin de semana al apartamento de mis padres, necesito aclararme, necesito alejarme de todo... ¿puedes quedarte estos dos días con el niño?

Y su pareja está tentada de decirle que no. Está a punto de explicarle que la solución no es alejarse, no es huir... que lo que tienen que hacer es estar más juntos que nunca, volver a ser lo que un día fueron, lo que tiene que hacer es arreglarlo ya, juntos, ahora...

—Vale... ya me quedo yo al niño —decide finalmente.

Después de desayunar Ale coge a su hijo para continuar la vida de siempre, a la que se ha acostumbrado: coche, colegio, trabajo...

Ale sale de nuevo a la terraza y se queda mirando las vidas de cada mañana. A veces se imagina siendo una de ellas, viviendo en la piel de otra persona, escapando de esa cárcel, de ese día a día... y justamente ahora que puede hacerlo tiene tanto miedo.

*   *   *

Ale se prepara una pequeña maleta para iniciar un viaje hacia las dudas.

Antes de salir envía un mensaje a una persona especial de la que ha decidido separarse físicamente —mentalmente le es imposible—, al menos de momento.

> Ya lo sabe todo, necesito tiempo, no sé lo que quiero,
> por favor no me llames. Necesito tiempo...

Está a punto de añadir un *te quiero*, pero no lo hace. En lugar de eso pone un emoticono con un beso.

Sube al coche en dirección a un pequeño pueblo de la costa, ahí sus padres tienen un apartamento junto a la playa. Es septiembre y aún quedarán turistas, pero ya no tantos como en agosto.

Es capaz de escuchar el mar a pesar de estar a kilómetros

de distancia, porque el mar se puede escuchar desde cualquier recuerdo.

Piensa ahora en su infancia, cuando todo era pura felicidad, pura inconsciencia, donde su mayor preocupación consistía en acordarse de coger el bañador, preguntar si habría más niños con los que jugar o comprobar si la vieja bicicleta del abuelo aún funcionaría.

Ahora viajando hacia el mismo lugar se da cuenta de que hacerse adulto no es tan bonito. Abre la ventanilla y saca la mano.

Es la misma distancia, pero no es la misma carretera, porque ahora va todo mucho más rápido. El trayecto que antes costaba cuatro horas, ahora apenas cuesta dos. Todo va deprisa, tan deprisa que a veces le da la impresión de que la vida le pide paso.

Y entre todos esos recuerdos, las dudas: *y si solo es una ilusión pasajera, si no es amor, y si solo es aburrimiento, y si solo necesitan un tiempo...* Ale comienza a arrepentirse de lo que ha hecho. Tiene la tentación de llamar a su pareja, de pedirle perdón, ya echa de menos a su hijo, *como voy a estar sin verlo durante la mitad del tiempo.* Pero ahora ya no sabe cómo volver a lo que tenía, cómo dar marcha atrás en la vida. Asume que es el momento de empezar de nuevo.

¿Empezar de nuevo?

Se pregunta en una tómbola de sentimientos. Y admite que lo peor de empezar de nuevo es volver a decir cuál es su comida favorita, confesar qué olores no soporta, comentar el tipo de ropa que le gusta, asumir y compartir que le cuesta mucho acordarse de las contraseñas, que suele perder las llaves, que es un desastre para tantas cosas... Le da miedo echar de menos lo que ahora le parece rutinario.

Suena el móvil.

* * *

El otro Ale, como cada mañana, después de dejar al niño en el colegio, se ha dirigido hacia su trabajo. Serán unos treinta minutos recorriendo las mismas calles de siempre, los mismos semáforos, el mismo tráfico...

Durante ese trayecto ha estado pensando en lo que se le viene encima, en que no tiene ganas de conocer a otra persona. No le apetece volver a contarle sus manías a nadie, no quiere ver ropa de alguien desconocido al abrir un cajón, no quiere descubrir pelos que no son suyos en el baño. No tiene ganas de explicar todo lo que ha pasado a sus padres, a sus amigos... Todo eso no tiene ganas de hacerlo.

Ya casi ha llegado, una recta más, un giro a la izquierda y estará en el edificio.

Un giro que no ocurrirá porque en el último momento decide continuar recto y escapar de esa ciudad. Ha cambiado de opinión y de rumbo.

Después de otra media hora atravesando un tráfico que cada día odia más se dirige hacia la carretera.

* * *

Ale llega a la playa olvidando la llamada.

Entra en el apartamento, deja la mochila, el móvil y parte de su vida.

Comienza a caminar hacia el mar, son los últimos días de un caluroso verano que en el Mediterráneo siempre se alarga hasta septiembre.

A través de una pequeña senda llega a ese punto donde ya puede pisar la arena. Se quita los zapatos y se dirige hacia el rompeolas donde tantas veces, en sus primeros años, vieron juntos amanecer. Se sienta allí y comienza a llorar porque no es capaz de recordar cuándo fue la última vez que visitaron ese lugar. *Hasta eso se nos olvidó hacer*, piensa.

Recuerda también las carreras que hacían descalzos por la playa, las tardes eternas tostándose al sol, los baños anocheciendo en el mar, las madrugadas contando las estrellas tumbados en la arena... Recuerda todas y cada una de las veces que le robaba las llaves del apartamento a sus padres para escaparse y estar todo el día en la cama, comiendo, follando, durmiendo...

Es en esos recuerdos cuando le visita de nuevo la culpa. *¿Y si me he equivocado?* Vuelve a pensar en su hijo, en su pareja, en todos los momentos que han vivido ahí. Se pregunta qué fue lo que ocurrió para llegar a este punto.

¿Qué fue?

Quizás fue que dejaron de buscarse por las noches.
O que dejaron de abrazarse.
O que dejaron de sentir nervios antes de verse.

Quizás fue meter una televisión en la habitación.
O dormirse mirando el móvil.
O dejar que el niño durmiera junto a ellos.

Quizás fue dejar de cuidarse.
Quizás fue descuidarse,
asumiendo que ya no era necesario conquistar a nadie.

Quizás fue dejar de tener proyectos en común.
O dejar de mirarse cuando se despedían.

O la ausencia de sorpresas: una cena en un restaurante nuevo, una noche en un hotel, unas flores, una carta, un te quiero escrito en cualquier pared de la casa...

Quizás fue que comenzaron a sentirse solos estando juntos, a echarse de menos compartiendo la misma habitación.

Todo eso fue.
O simplemente fue que dejó de ser divertido.

Es entonces cuando Ale se hace una pregunta.
    Y se responde.
        Y en esa respuesta está la solución a todo.

*   *   *

¿Con quién me gustaría estar ahora, en este instante?, se pregunta.

> *¿Con quién me gustaría bañarme en el mar?*
> *¿A quién me gustaría enseñarle estas estrellas?*
> *¿Con quién me gustaría hacer el amor?*
> *¿A quién me gustaría contarle mis proyectos?*
> *¿Con quién me gustaría correr por la arena?*

> *¿Con quién me gustaría estar ahora?*

Se levanta y se va corriendo hacia el apartamento.

* * *

Ale sigue conduciendo por una carretera secundaria hacia un pequeño pueblo del interior.

Hace demasiado tiempo que no ve a su hermana, a esa persona que un día decidió dejar una vida perfecta con buen trabajo, hija preciosa y marido empresario, para largarse a vivir a un pequeño pueblo de 150 habitantes junto a un desconocido.

En aquellos años nadie lo entendió, nadie la apoyó, ni siquiera la persona que ahora conduce hacia allí.

Ale llega a la pequeña población donde vive su hermana, un lugar que a ella le gusta llamar La Isla. Atraviesa tres arcos, deja a la derecha un pequeño castillo y continúa hasta la plaza. Aparca allí el coche y camina hacia la puerta del colegio, quedan unos diez minutos para que salgan los únicos siete alumnos.

Suena el timbre.

Y los niños salen.

Y también su hermana.

—¡Alicia! —le grita.

Y Alicia se gira sorprendida.

—¡¡Ale!! Vaya, ¿qué haces por aquí? —le dice mientras le da un abrazo.

—No me has avisado, no me has dicho nada...

—No, no, ha sido sin pensar, he venido a verte...

—Bueno, si has venido hasta aquí sin avisar es porque ha pasado algo. Vamos a la plaza a tomar algo y me cuentas.

Se sientan en la terraza de un pequeño bar.

—Déjame adivinar... —dice su hermana mientras se rasca la mandíbula—, te vas a separar.

—Sí —admite.

—¿Tú o Ale?

—Ale... Dice que se ha enamorado... que ha conocido a otra persona, que lo nuestro ya no tiene futuro...

—Vaya... lo siento, lo siento mucho. Sé que no es fácil, nada fácil —le dice mientras le coge la mano—. Pero sabes que yo no soy la parte que quieres escuchar, ¿verdad?

—Por eso he venido, porque quiero comprenderlo —dice mientras intenta no derramar una lágrima allí mismo.

—Bueno, yo fui la mala durante mucho tiempo, de hecho tú estuviste sin hablarme por aquello casi un año...

—Lo siento.

—Sí, tienes razón, eso ya pasó. Pero a ojos de todos yo fui la idiota que dejó una vida perfecta.

Ale le comenta todo lo ocurrido hasta ese día, la confesión de la infidelidad, el intento de reconciliación que al final fracasó, lo mal que se han tratado, cómo ahora se ignoran...

—Ale —responde al cabo de un rato su hermana—, el problema es que deberían educarnos para saber que las relaciones raramente duran para siempre. No te imaginas el daño que ha hecho eso de *hasta que la muerte os separe*. Cuando las parejas lo dicen en las bodas, ¿no te da la impresión de que están asumiendo una condena? —sonríe—. Las personas cambian, y eso hace que las relaciones también cambien, algunas se adaptan y otras no.

Ale escucha sin decir nada.

—El problema es que mientras la cosa no vaya lo suficientemente mal, pues nos conformamos, seguimos con nuestra vida pensando que es lo normal, lo que a todo el mundo le pasa. Yo no me di cuenta de que no estaba bien con mi marido hasta que conocí a otra persona.

—Hasta que fuiste a Toledo —apunta Ale.

*　*　*

Ya es de noche en la playa.

En un apartamento junto al Mediterráneo una pareja folla como hace años que no lo hacían. Ambos se han arrancado la ropa, se han quedado desnudos y han juntado sus cuerpos con rabia.

Se han corrido rápido, muy rápido, los dos, uno antes que el otro, pero juntos. A los pocos minutos han vuelto a empezar el baile, en la cama, en el suelo, sobre la mesa... como si de alguna forma quisieran en una sola noche recuperar todo el tiempo perdido.

Han vuelto a sentir el placer de un orgasmo.

Han parado y han vuelto a hacerlo.

—Hacía años que no follaba tres veces seguidas —dice ella.

—Yo ni siquiera recuerdo haberlo hecho tres veces en el mismo día nunca —dice él.

Tras casi cinco horas desnudos sobre la cama, acariciándose, abrazándose, sintiendo sus respiraciones...

—¿Te vienes a la playa?

—¿Así, desnudos?

—Claro, así. Es de noche, hace calor, estamos a unos metros, nadie nos va a ver... Y si nos ven ¿qué?

Los dos sonríen. Sonríen porque es divertido.

Ambos corren por una playa en la que ya no hay nadie y, cogidos de la mano, se meten en el mar. El agua está un poco fría pero no les importa. Y eso es importante.

Ella piensa que jamás, en el futuro, tendría las ganas de hacer todo eso con su marido. Él piensa que jamás, en el futuro, haría nada de eso con su mujer.

Juegan con las olas, se empujan, se ahogan el uno al otro, se besan sobre y bajo el agua, se abrazan rozando sus pieles entre la sal del mar... ninguno de los dos podría ser más feliz en ese momento.

Tras casi media hora salen del agua tiritando y se dejan caer sobre una arena que aún conserva el calor del día.

Y allí, mano con mano, observan en silencio las estrellas.

—¿Piensas en tu marido? —pregunta él.

—Sí.

—¿Piensas tú en tu mujer? —le pregunta ella.

—Sí, también.

—Les estamos haciendo daño...

—Sí, y no me gusta. Quiero estar contigo, estoy feliz contigo, pero no me gusta que eso les haga daño.

—Ojalá pudiéramos hacer todo esto sin generar dolor.

—Ojalá.

—¿Te duele?

—Sí, me duele. Me duele dejar a la persona que ha sido mi compañero de vida durante tantos años, una buena persona, alguien que no se merece todo esto. Me duele recordar la noche en que se lo dije todo, recordar su rostro de sorpresa, de incredulidad, de dolor... le hice tanto daño...

Una estrella.

—¿Y a ti?

—Sí, también, me duele. Me duele todo lo que está pasando, hemos compartido muchos momentos juntos. Nos hemos querido mucho. Siento incluso que no merezco ser tan feliz haciendo tanto daño. Cuando se lo dije fue difícil, muy difícil, evidentemente tampoco lo entendió, no se esperaba nada, su rostro se quedó paralizado, como si se hubiera parado el mundo, fue doloroso, mucho...

—Al final los dos hemos dado el paso.

—Sí...

—Ojalá todo fuera más sencillo.

—Ojalá.

—Te quiero.
—Te quiero.

*   *   *

—Toledo, París, en la calle, en el trabajo... ¿qué más da dónde? Comprendí que cuando una tercera persona entra en una relación es porque uno de los dos le ha dejado entrar. Y si lo ha hecho es porque algo no funciona ya en esa pareja. ¿Conoces a alguien que esté enamorado y piense en terceras personas? Nunca.

—Ya... pero yo pensaba que todo iba bien.

—Quizás para ti sí, pero no para la otra parte, y sois dos en esto. Y seguramente si no se hubiera cruzado esta tercera persona aún estaríais juntos, porque a veces uno no es ni consciente de lo rutinaria que es su vida si no viene alguien a descubrírselo. A mí me pasó lo mismo..., quizás yo aún estaría con mi marido.

Ambos continúan hablando sobre las relaciones, sobre la familia, sobre los niños...

—Bueno, y ¿tú qué tal?, ¿cómo te va?, ¿vivís juntos? —le pregunta Ale a su hermana.

—¿Vivir juntos? —se ríe—. Eso es una locura, eso hubiera sido un error, creo que mataríamos nuestra relación. No, no, él se volvió a Toledo y yo vivo aquí. Seguimos juntos pero a dos horas de distancia. Perfecto.

—¿Perfecto?

—Es lo mejor, porque nos echamos de menos y cuando nos encontramos nos tenemos ganas, muchas ganas... ya me entiendes... —sonríe—. Entre semana cada uno hace su vida y tiene su espacio; así nos olvidamos de las discusiones absurdas por no haber comprado yogures, por decidir a quién le toca tirar la basura o porque uno de los dos ha llegado tarde a comer. Y los fines de semana son para nosotros.

»Es complicado, muy complicado vivir siempre junto a una persona. Porque al final empiezan los roces por cualquier tontería, las discusiones... Ale, piensa en nuestros padres, la única forma que tienen de hablar entre ellos es discutiendo. Pero eso pasa en todos los ámbitos del ser humano: los hermanos que viven juntos al final discuten, si vives en casa con tus padres, al final discutes; si vives mucho tiempo con compañeros de piso, al final discutes... Creo que la mejor forma de durar mucho tiempo es echándote de menos.

Ale no sabe qué decir, en realidad esperaba más apoyo de su hermana, una ayuda, un *tienes toda la razón*, *qué mal lo estás pasando...* pero nada de eso llega, sino todo lo contrario.

—Solo debes intentar comprenderlo. Ale no ha hecho

esto para hacerte daño, lo hace porque se ha enamorado de otra persona, pero su finalidad no es hacerte daño a ti.

Silencio.

—Sé que es duro escucharlo...

—No puedo, no puedo comprenderlo, no me hago a la idea de no estar todos juntos, debo intentar recuperar lo que teníamos.

—¿Recuperar lo que tenías? Eso es imposible.

—¿Imposible?

—Imposible porque ni tú ni Ale sois ya las mismas personas de las que os enamorasteis. Habéis ido viviendo, evolucionando, deseando cosas distintas...

—Voy a intentarlo —insiste.

—Sí, claro, puedes intentarlo y con suerte funcionará durante unas semanas, quizás algunos meses... ¿y después?

—¿Después?

—Sí, después. ¿Qué pasará cuando te preguntes cómo hacía el amor Ale con esa nueva persona? ¿Qué pasará cuando Ale se pregunte cada día cómo habría sido su vida con ese nuevo amor? ¿Qué ocurrirá cada vez que le suene el móvil, reciba un mensaje o vaya al trabajo? ¿Cómo te vas a sentir?

Ale se da cuenta de que su hermana tiene razón.

—No lo entiendo, no entiendo por qué me ha hecho esto, yo jamás lo habría hecho, yo jamás habría buscado a otra persona.

—¿Jamás? —y Alicia, su hermana, se empieza a reír—. Si me dieran un euro por cada vez que he escuchado esa frase.

Guerra

Ale, después de un fin de semana en la playa donde se ha sentido tantas veces feliz como culpable, regresa por la carretera más larga que ha recorrido en su vida. Aún tiene el sabor de sus besos en la boca, el placer de su tacto en el cuerpo y el peso de la culpa en su mente.

Y si no funciona, y si todo esto es para nada, y si esta nueva relación también naufraga... apenas nos conocemos, no sabemos casi nada el uno del otro... piensa mientras mira de forma borrosa hacia delante.

También piensa que ahora ya no hay alternativa, que si ha ocurrido es porque lo anterior ya estaba muerto. Esta nueva pareja solo ha acelerado el proceso, pero todo lo anterior ya se estaba deshaciendo.

Continúa conduciendo por una carretera que no desea que acabe, porque le da miedo llegar a casa.

En ese momento pone la canción preferida de esa relación a estrenar, la que tantas veces han escuchado a solas rodeados de miedo, la que les servía de ayuda cuando uno de los dos dudaba, *Náufrago*, de Sóber.

Las lágrimas le caen por las mejillas mientras la tararea en su mente... *naufragaré contigo...*

* * *

Al llegar a casa introduce con miedo la llave. Sabe que ese viaje solo ha sido una tregua, que detrás de la puerta dejó una batalla pendiente.

Nada más entrar le impacta el primer disparo: su hijo va corriendo hacia su cuerpo y se queda amarrado en sus piernas, como si hiciera un siglo que no se ven. Asume que vendrán días difíciles.

La otra parte de la pareja, a pesar de haber hablado con su hermana, a pesar de haber intentado ver la situación desde la otra orilla, ha regresado con la misma mezcla de odio y rabia con la que se fue.

Es ya tarde y los tres cenan en casa como si fuera un domingo cualquiera. Recogen la mesa y, extrañamente, los dos acuestan al niño a la vez, asumiendo que el combate ya ha empezado.

Salen de la habitación uno detrás de otro, con cuidado de no rozarse.

Llegan a la cocina y se sientan frente a frente.

—¿Has podido pensar? —le pregunta.

—Sí... he pensado... —le contesta Ale sin decir nada más.

—¿Has estado a solas? —le dispara.

Ale sabe que hay momentos en la vida en que es necesario mentir, sobre todo, si esa mentira puede evitar que la guerra se alargue demasiado.

—Sí —responde con contundencia.

—Bueno... ¿Y qué? ¿Qué has pensado?

Silencio.

Ale ya sabe la respuesta, en realidad siempre la ha sabido pero hasta ahora no ha tenido el valor de asumirla. Lo supo cuando dejó que una tercera persona entrara en su vida, lo supo cuando sintió más con un solo beso de alguien extraño que con todos los últimos de Ale, lo supo cuando al hacer el amor con su pareja pensó en otra persona.

—No podemos seguir juntos, lo siento...

Ale se prepara para el contraataque, prepara su armadura pero se encuentra con una reacción que no espera. Quizás porque los restos que deja el amor al irse son de tristeza y rabia.

—Bueno, pues ya sabes dónde está la puerta —le contesta Ale con una dureza inusual.

—Pero la casa también es mía...

—No, ahora ya no es tuya. Has tomado la decisión de dejar esta relación, y esta relación implica una casa, un niño, una vida... Vete, igual que te has ido a la casa de la playa... a saber con quién.

—No, no me pienso ir, porque también es mi casa.

—¡Que te vayas! ¡Fuera de mi vista! ¡Vete, vete a la mierda, adonde sea, pero no te quiero ver ni un minuto más aquí! —grita de pronto, como si toda la calma que ha intentado mantener durante el fin de semana explotase convertida en odio.

Y en ese momento, quizás sin intención, coge el vaso que tiene más cerca y lo tira al suelo, de pura rabia.

—¿Pero qué haces? —grita.

—¡Que te vayas ya! —se le acerca demasiado.

—¡No! ¡No me pienso ir! —le grita también a cinco centímetros del rostro.

—¡Que te vayas, joder! —y grita aún más, aún más cerca.

Sus rostros vuelven a estar a la distancia de un beso.

Y de nuevo vuelve el infierno, el demonio, la guerra.

Se escuchan los llantos de un niño que viene hacia la cocina, descalzo. Que entra corriendo y se clava un pequeño trozo de cristal en el pie.

Un pie que empieza a sangrar, daños colaterales.

Un niño que llora.

Un hogar que continúa derrumbándose.

—¡Vete!¡Vete!¡Vete! —grita cada vez con más fuerza mientras coge a su hijo para llevárselo al baño.

Pero el otro Ale no se va de casa.

En lugar de eso se sienta en el sofá.

Su cuerpo tiembla.

Cierra los ojos con fuerza para contener las lágrimas.

*   *   *

Noche de tensión en la batalla.

Porque ambos piensan que no conocen a la persona que ahora mismo está en el otro extremo de la casa, no es la misma persona de la que se enamoraron.

Ambos, cada uno en una trinchera, tienen miedo.

Alejandro tiene miedo, mucho miedo. Nunca ha visto a su pareja así, tan violenta. Jamás ha escuchado de su boca tantos insultos, tanta rabia, tanto odio. Tiene miedo porque sabe que en ese estado alterado ella podría coger el móvil, llamar a la policía e inventarse que le ha pegado, y con las leyes que hay iría directamente al calabozo, sin preguntas, sin presunción de inocencia, nada. Sabe que solo tiene que hacer una llamada y mentir.

Y aunque nunca lo ha hecho, ahora ella ya no es ella.

Alejandra tiene miedo, mucho miedo. Nunca ha visto a su pareja así, tan violenta. Jamás ha escuchado de su boca tantos insultos, tanta rabia, tanto odio. Asume que es mucho más fuerte que ella y quién sabe... ha oído tantas noticias en la tele. Piensa por un momento si no sería mejor irse de la casa. Él ya no es él.

*   *   *

Los siguientes días en la casa serán una pesadilla: dos personas se odiarán en los mismos lugares donde tantas veces se amaron.

Y como un virus, la noticia comenzará a extenderse. Los primeros en saberlo serán los padres, cada uno se lo dirá a los suyos, por separado. Al principio no darán crédito, pensarán que es un enfado temporal, porque todas las parejas tienen baches, porque siempre hay roces... Todo será así hasta que llegue la frase: *es que hay otra persona.*

En ese momento todo cambiará. Y las familias de ambos que hasta ahora habían compartido cenas, comidas, viajes y fiestas, enfriarán rápidamente sus relaciones.

La verdad es que nunca me cayó bien, siempre dije que no te podías fiar, nunca te hizo el caso que merecías, ya lo veíamos venir pero no me atreví a decirte nada, no ha sabido va-

lorar lo que tenía, últimamente se os veía muy distantes... serán frases que se escucharán de la boca de sus padres.

Después la noticia llegará a los amigos, primero a los comunes, luego al resto, y también llegará a los compañeros de trabajo, y a los vecinos...

Y todos opinarán.

Opinarán todas esas parejas que hace años que no se tocan, diciendo que no había razón para separarse, que el amor también es eso: aguantarse. Que es normal que la pasión se vaya, que es normal que ya no tengan ilusión por nada, que es normal que ya no se besen, que es normal que estén todo el día discutiendo, que a veces se insulten... que todo eso es normal en una pareja.

Tras varios días imposibles, uno de los dos tomará la decisión de abandonar la casa e irse a vivir temporalmente a otro lugar. Al menos así los dos dejarán de tener miedo por las noches.

Vivirán durante unas semanas en un pequeño caos de vidas, usando el niño para chantajes emocionales, amenazándose con el tema del dinero, discutiendo por cada pequeño objeto, decidiendo qué cosa es de cada uno, escuchando buenos y malos consejos de amigos.

Sus vidas continuarán así hasta el momento en que llegue la llamada, porque siempre hay uno de los dos que toma la decisión, que da el primer paso, que mueve los hilos para que llegue esa llamada en la que nunca pensaron cuando se conocieron, cuando compraron la casa, cuando tuvieron al niño...

Ambos saben que esa llamada es la auténtica frontera entre dos personas que se amaron tanto como ahora se odian.

*   *   *

Unos días más tarde

Ale sale del metro y sube las escaleras lentamente. Mira de nuevo la dirección que apuntó cuando le llamaron, está a unos cien metros, solo tiene que seguir la calle. Mira el reloj, aún le faltan diez minutos.

Camina entre cientos de personas por el centro de una ciudad que a esas horas ya se ahoga de calor. Llega hasta un impresionante edificio gris, moderno, cuadrado, sin sentimientos.

Entra y pulsa el piso 10 en el ascensor.

Llega al rellano y ve un pequeño cartel sobre la puerta: EMPUJE, ESTÁ ABIERTA.

Empuja, y entra, y allí, en la sala de espera ve a su expareja. No se saludan.

Piensa cómo se puede pasar en apenas unas semanas de compartir cama con una persona a ni siquiera decirse hola. Cómo se puede pasar de años de convivencia a no saludarse.

Se sienta en el sillón más alejado.

Él hojea una revista, ella el móvil.

De vez en cuando levantan la cabeza con cuidado de no cruzar las miradas y ambos se hacen la misma pregunta: ¿cómo hemos llegado aquí?

Tras casi quince minutos de espera incómoda, de esa que duele...

—Disculpen el retraso, estos días estamos hasta arriba. Ya pueden pasar —les dice una mujer alta, atractiva, con la falda recta, perfectamente planchada y una blusa blanca, impoluta. Con un rostro que observa pero que intenta no juzgar.

Les acompaña hasta una puerta al final de un gran pasillo.

—Aquí es.

Alejandro y Alejandra entran en una sala grande, aséptica, con varios títulos colgados de las paredes y una mesa de esas tan grandes que podrías cenar y no distinguir muy bien a quien tienes enfrente.

Una mujer se levanta de su sillón en cuanto entran.

—Hola, bienvenidos —se acerca para darles la mano—. Sentaos, sentaos, y disculpad por la espera.

Alejandro y Alejandra observan las sillas y eligen una frente a la otra, no se atreven a ponerse juntos, uno al lado del otro. La mujer se queda en medio.

—Bueno... —dice mientras lee unos papeles.

Ale y Ale guardan silencio.

—Bueno..., como siempre en estos casos..., lo primero que vamos a intentar es llegar a un acuerdo —levanta la vista—. Eso es lo más rápido y lo más económico.

Alejandro asiente tímidamente, Alejandra hace lo mismo.

—Tengo fama —continúa la mujer— de llegar casi siempre a un acuerdo, así que intentemos que esta vez no sea una excepción, solo hay que poner un poco de cada parte.

Pero no ocurre eso.

*　*　*

Quizás su primera intención —la de ambos— sí fue mantener una tregua, comportarse de una forma civilizada, guardarse el respeto... y más delante de una persona desconocida, pero a la mínima provocación explotan.

Y durante casi una hora, dos personas que han compartido tantos años, que conocen de memoria cada parte del cuerpo del otro, que han llorado y reído juntos, que han vivido con ilusión el nacimiento de un niño, que han sufrido por el otro noches en los hospitales... comienzan a atacarse como si fueran los peores enemigos.

Reproches, amenazas, miradas de odio, palabras que nunca habían oído, gestos que nunca habían visto... Se miran y solo ven a un desconocido.

Quizás porque ambos, a pesar de pensar que todo iba bien, tenían demasiadas cosas que decirse. Y ha sido ahí, en la primera gran oportunidad que han tenido cuando han dejado que todo saliera.

Ahora es de lo más normal, vivimos en otra época, la mayoría de las parejas se separan, el amor no dura para siempre pero tenéis que aprender a respetaros, al fin y al cabo ahora lo más importante es el bienestar de vuestro hijo... son frases que los dos han escuchado en esa sala, pero que no les han servido demasiado.

* * *

Alejandro y Alejandra salen de la sala dándole la mano a la mujer que les dice que todo va a ir bien, que solo hay que poner cada uno de su parte.

Al final, después de todo lo que se han dicho, han conseguido que llegue la calma.

Salen uno detrás del otro de la sala, llegan a la puerta y uno de ellos baja andando por las escaleras para no coincidir en el ascensor con su expareja.

Ale sale del edificio, va hacia el parking y una vez dentro del coche, explota. Llora. Llora porque lo ha pasado mal, porque se han insultado, porque se han echado en cara cosas demasiado íntimas delante de una desconocida. Llora porque a pesar de todo aún quiere a su pareja, han sido muchos años juntos.

Ale sale más tarde del mismo edificio, camina por la calle en busca de la terraza de alguna cafetería. Y ahí, en la mesa, mirando a la nada, está a punto también de soltarlo todo, pero hay demasiada gente alrededor. Le nace una lágrima que intenta esconder con los dedos.

Se siente mal porque ha gritado a una persona a la que aún quiere, porque le ha insultado delante de una extraña. Se siente mal por cómo se han tratado.

Mira el reloj, aún quedan quince minutos, le da tiempo a pedir algo.

*　　*　　*

Ale entra y se sienta en la misma silla que lleva visitando las últimas semanas, ese lugar donde intenta difuminar la culpa.

—¿Cómo ha ido? —pregunta una mujer.

—Bueno...

—¿No demasiado bien, verdad? No te preocupes, es normal. ¿Quieres agua? ¿Algo?

—No, no, gracias...

Y justo cuando dice la última palabra explota. Todas las lágrimas que no ha sacado durante los últimos días salen ahora libremente, inundando su rostro.

—Tranquilízate —le dice la mujer mientras se acerca.

—Nos hemos insultado, nos hemos amenazado, nos hemos odiado allí, como dos enemigos —dice entre lágrimas.

—Es normal, y sé que no es nada agradable. Pero todo pasará, ya verás, con el tiempo todo se suavizará. Ahora tenemos que conseguir que todo vaya a mejor, qué tú estés mejor.

—Pero es que todo esto es por mi culpa.

—¿Tu culpa? Ya estamos otra vez con eso... ¿Por qué tu culpa?

—Soy yo quien ha conocido a otra persona, soy yo quien ha tomado la decisión de dejar la relación, soy yo quien deja a un niño con padres separados, soy la parte mala de la historia.

—Ya hemos hablado este tema, cuando una pareja se separa, por la razón que sea, no es culpa solo de uno.

—Pero no estábamos tan mal. Todo iba bien.

—¿Iba bien? ¿O simplemente iba?

—Bueno, vivíamos bien. No había pasión, pero estábamos bien. Podríamos haber continuado así.

—Sí, claro, por supuesto, como la mayoría de las parejas. No te imaginas la cantidad de pacientes que vienen aquí porque están mal con sus parejas pero no se atreven a dejarlas —la psicóloga vuelve de nuevo a su sillón—. El otro día una clienta que viene de vez en cuando me dijo que su relación estaba muerta, que simplemente vivían en la misma casa, pero que cada vez tenían menos cosas en común. Pero ante los demás disimulaban, todo iba genial. Un día le pregunté si no había pensado en dejar la relación. ¿Y sabes cuál fue la respuesta?

—No —contesta Ale limpiándose las lágrimas.

—*Ufff, a estas alturas, ¡qué pereza!* Esa fue su respuesta, le daba pereza dejar una relación que no le aportaba nada. No sabes la de parejas que vienen con doble vida, simplemente porque no soportan su relación pero no han sido valientes para dejarlo. Tú has sido valiente.

—¿Valiente?

—Sí, ahora no lo ves, pero has sido valiente. No es lo que

hace la mayoría. La mayoría tiene una doble vida, con su pareja y con su amante. Y pueden pasarse así meses, incluso años, todo porque les da miedo dar el paso, les da miedo que ocurra algo y al final quedarse sin pareja y sin amante. Pero no dan el paso.

—¿Por qué?

—Por mil razones, Ale. Porque es doloroso, ya lo estás viendo; otros por el dinero, no te imaginas lo que une una hipoteca. Algunos incluso por pereza —sonríe.

—Y por primera vez en todo el día Ale sonríe también.

—Sabes, hay una prueba para medir la pasión o el amor que queda en una relación. ¿Quieres hacerla?

—Sí, vale...

—Busca en tu móvil cuándo fue la última vez que os hicisteis una foto los dos juntos, solos, sin niños, sin amigos, una foto los dos a solas.

Ale comienza a mirar las fotos del móvil, va hacia atrás un mes, dos meses, cinco meses, diez meses... finalmente encuentra una en la que están los dos solos. Es en una comida familiar: los dos están rostro contra rostro pero miran hacia la cámara con ganas de que pase el momento. Al analizarla de nuevo piensa que, además, esa foto se la enviaron por mensaje, ni siquiera se la hicieron ellos mismos.

—¿De cuándo es?

—De hace más de un año.

—Ahí tienes la prueba, más de un año sin haceros una

foto juntos. Al principio de una relación los móviles se llenan de fotos conjuntas, cualquier momento es bonito para capturarlo, y para compartirlo. El primer restaurante, el primer paseo en barca, el primer día de playa, la primera caminata por la montaña, el primer selfi juntos... Pero poco a poco esa intensidad de imágenes va disminuyendo hasta que se dejan para momentos especiales. Y llega un punto que ya ni eso, ni en esos momentos especiales a una pareja le apetece hacerse una foto juntos. Nada.

Ale continuará allí durante casi una hora intentando domar a la culpa.

* * *

Los días pasan entre la rabia, el miedo, los recuerdos, la pena, los remordimientos...

Finalmente, tras casi dos meses, llegan a un acuerdo. Uno de los dos se queda la casa durante un tiempo pagándole al otro un alquiler mientras viva ahí.

El siguiente paso —doloroso también— será dividir los objetos de su vida en común.

Uno de vosotros hace dos listas con todas las cosas que tenéis que repartir, y el otro elige con qué lista se queda —fue la propuesta que hizo la abogada—. *Así nunca habrá una lista mejor que otra, estaréis en igualdad de condiciones.*

Ale, aprovechando que se ha quedado de momento en la casa, ha sido la parte encargada de hacer esas listas, algo que no le apetece, porque le duele, porque le lleva a tantos momentos bonitos del pasado...

¿Quién se queda con los recuerdos que compraron en los viajes? ¿Quién se queda con aquel juego con el que tanto se rieron juntos? ¿Y con esa muñeca que consiguieron, después de muchos intentos, juntos en la tómbola? ¿Y con toda la colección de monedas que fueron guardando? ¿Y con los sofás? ¿Y con las cortinas? ¿Y con las sartenes? ¿Quién se queda con los imanes de la nevera?...

Ale se sienta en el suelo observando todos los recuerdos que hay esparcidos a su alrededor, sin saber muy bien qué hacer con ellos, sin saber cómo dividir el pasado de una vida.

* * *

El final

Ale permanece en casa eligiendo qué recuerdos deja y qué recuerdos abandona. Durante los últimos días se ha dedicado a dividir los objetos de una vida juntos: los muebles, la vajilla, todos los libros, la ropa, los electrodomésticos, incluso ha dividido las cortinas...

Ha decidido dejar para el final lo más difícil de todo: los recuerdos en papel.

Es cierto que la mayoría de las imágenes las tiene en el móvil, pero a lo largo de su vida juntos —sobre todo durante los primeros años— también crearon varios álbumes de fotografías en papel.

El primer año juntos.

La primera vez que fueron a la playa, en el apartamento; el primer viaje, en coche a Francia; la primera noche en una tienda de campaña; imágenes haciendo el tonto en cualquier lugar, en cualquier momento, compartiendo un dulce, besándose en los labios, mordiéndose una oreja, rozándose las lenguas...

Ale pasa los dedos por encima de cada fotografía y la tristeza le inunda. Las primeras lágrimas. Cierra el álbum.

El primer año en el piso.

Fotos de un piso vació, solo un colchón en el suelo, nada más. Fotos de la mudanza. Fotos del sofá, de la nueva nevera, de la mesa, de la tele... Fotos de ellos dos por cualquier parte del piso, fotos incluso de la plaza de garaje.

Ale cierra el álbum y va a por el siguiente, a por el que más le va a doler.

El primer año de Erik.

Fotos de ella embarazada, fotos de él dibujándole una cara en la barriga, fotos de ella cansada, durmiendo en el sofá; fotos del hospital justo antes de dar a luz, fotos del niño recién nacido, fotos de la madre, del padre y el bebé, de los abuelos, fotos del niño en casa en su cuna...

Revisa por encima todas las imágenes y, de vez en cuando, no puede evitar detenerse en alguna. La observa y su mente se traslada a ese instante del pasado donde fueron felices.

No sabe cómo dividir en dos partes todos esos recuerdos.

Finalmente decide dejar sobre la mesa los álbumes y que sea Ale quien decida lo que quiere llevarse.

Se queda durante unos minutos en el sofá, mirando la nada, pensando en cómo ha cambiado su vida en unos pocos días, pensando en ese futuro que vendrá.

Le llega un mensaje al móvil. Se acerca a la pantalla y su cuerpo tiembla al ver el nombre de quien lo envía. Es Ale.

Lo deja sobre la mesa, ni siquiera lo mira.

Se da cuenta de que el móvil ha ido reflejando el estado de su relación. Al principio también le temblaba el cuerpo cuando recibía un mensaje o una llamada de Ale, pero no era por miedo, sino por ilusión.

Cada vez que aparecía el nombre de su pareja en la pantalla su cuerpo flotaba. Cada mensaje con un *te amo*, con un *te echo de menos*, con un *tengo ganas de verte...* cada corazón morado, cada emoticono con beso... A veces incluso contaba el número de admiraciones que había detrás de un *te quiero* para imaginar con qué intensidad lo escribía. En aquella primera época podían intercambiarse doscientos mensajes al día.

Después, con los años, esos mismos mensajes se fueron distanciando tanto en tiempo como en cariño. Cada vez llegaban con menos regularidad y con un contenido más informativo, menos romántico.

Llegó un punto en el que ya no había corazones, ni emoticonos con beso... Solo llegaban frases sin emoción, sin sentimiento: *esta tarde recojo yo al niño, ¿vale?; hoy llegaré un poco más tarde, ves cenando tú; no olvides comprar esto o lo otro, no olvides ir al banco, a qué hora hemos quedado con los amigos...*

Pero aun así, aun a pesar de esos mensajes sin emoción jamás le pasó lo que le está ocurriendo ahora: nunca su cuerpo tembló al escuchar el sonido del móvil.

Ahora, y esto le lleva ocurriendo durante los últimos días, cada vez que ve el nombre de su expareja en una llamada o en un mensaje, el corazón se le sale del sitio, pero no por amor, sino por miedo. Miedo a una nueva pelea, miedo a una nueva exigencia, miedo a un nuevo chantaje, miedo a un nuevo insulto, miedo a una nueva amenaza...

Ale, tras muchos minutos, coge el móvil con nervios. Hay un mensaje de su expareja: *en media hora estoy ahí.*

Le tiemblan los dedos al escribir la respuesta: *Vale, ya lo tienes todo preparado.*

* * *

En otra parte de la ciudad

A Ale le duele hacerlo, le duele escribirle, pero es el acuerdo al que han llegado: cada vez que vaya a su excasa tiene que avisar, no puede presentarse como si no hubiera ocurrido nada. Coge el móvil y escribe cada letra con casi tanto cuidado como miedo. Relee cada una de las palabras mil veces, por si acaso escribe algo inadecuado, algo que pueda ofender. Finalmente le envía un mensaje aséptico, sin emoción, directo, sin saludos, sin despedidas: *En media hora estoy ahí.*

Después de varios viajes durante la semana, hoy, en principio, ya es la última visita que realizará a ese piso que compraron con tanta ilusión. El piso que estrenaron en cuanto les dieron las llaves: cuando aún no había muebles, ni electrodomésticos, ni siquiera había luz, ni agua... *Teniendo un colchón, ¿qué más nos hace falta?*

Le queda por recoger algún documento, algunas fotos, y quizás algún pequeño objeto de esos que solo aparecen cuando ya no se buscan... Asume que esa última visita va a ser difícil, porque últimamente se ignoran en cada mensaje, en cada palabra, incluso en cada pensamiento. Afortunadamente con el niño lograron un acuerdo rápido: la abogada les aconsejó una semana con cada uno.

Llega en coche a la que siempre ha sido su calle, pulsa el mando del garaje —que por cierto también debe devolver— y baja por la rampa hasta su plaza, hasta sus dos plazas: una al lado de otra. Mientras aparca en la «suya» recuerda aquella ocasión en que un vecino los pilló haciendo el amor allí, en el interior del coche. Sonríe.

Apaga el motor, sale y se queda observando los dos vehículos. Quizás, en un futuro, alguien ocupará ese lugar, el suyo. Asume que ahí habrá otro coche, el coche de una persona desconocida que también compartirá la vida con su hijo. Se entristece al pensarlo.

Se dirige hacia el ascensor con la esperanza de no encontrar a ningún vecino, no quiere preguntas, no quiere tener que dar explicaciones.

Afortunadamente no hay nadie.

Pulsa el número del piso.

Sale al rellano.

Observa las paredes, el techo, todo le parece ahora tan extraño.

Mira el felpudo y ahí ya no puede aguantar más. Una pequeña lágrima asoma al leer la frase que hay escrita en él: *Bienvenidos a nuestro hogar.*

Fue el primer objeto que compraron juntos y desde entonces lo han ido cambiando cada año por otro exactamente igual, siempre el mismo, con la misma frase, en la misma tienda.

Lo mira y por unos segundos le da la impresión de que todo ha sido un sueño, de que no ha ocurrido nada, de que simplemente está llegando a su casa, de que abrirá la puerta y entrará. Que su hijo correrá a abrazarle las piernas, que le dará un beso de rigor a su pareja, que irá a la cocina, que cenarán juntos... La lágrima que le cae por la mejilla le devuelve a la realidad.

Llama al timbre. Porque aunque tiene una copia de las llaves sabe que no puede entrar así como así en su casa, porque ya no es su casa.

* * *

Ale, como tantas y tantas mañanas, está en la terraza, observando las vidas. Pero hoy el día es distinto, porque no es la hora de siempre y por eso no conoce a casi nadie de los que pasan por la calle. Mira también hacia el parque y en ese momento nadie se besa, nadie se columpia.

Escucha el timbre de casa y se asusta.

Nunca le ha dado tanto miedo abrir.

Sale de la terraza, cruza el comedor y se dirige hacia la puerta.

*　*　*

Hace muchos años, cuando aún era divertido

Una pareja entra en el garaje de un edificio. Aparcan en una de las dos plazas que han comprado y comienzan a sacar varias cajas del maletero.

—Cariño, si no puedes ya las cojo yo.

—No, no, que sí que puedo, claro que puedo. ¡Qué ilusión! —grita.

—¡Sí, me encanta, me encanta el piso, el edificio, todo!

—¡Y la zona!

—¡Y la zona!

Y se abrazan.

Poco a poco, suben como pueden todas las cajas al ascensor.

Pulsan a la vez, con sus dedos unidos, el botón que les lleva a su piso.

Llegan al rellano y mientras uno de ellos sostiene la puerta del ascensor para que no se cierre, el otro va colocando todas la cajas fuera.

Ale comienza a mirarlas y, tras unos segundos, se acerca a una de ellas. Comienza a abrirla.

—¿Qué haces?

—Lo siento, no puedo esperar, tengo que ponerlo.

—¿Ahora?

—Sí, claro, ahora, es nuestra entrada oficial al piso, ¿no? Pues entonces tiene que ser ahora.

—Vale, vale... —sonríe.

Y abren la caja, allí, en el rellano, y lo buscan pero no lo encuentran, no está.

—Es verdad, creo que está en esa otra caja, en la más grande —le dice mientras le señala con la mano.

—¿Y si lo miramos dentro?

—No, no, tiene que ser ahora —insiste.

Y Ale abre dos cajas más hasta que finalmente lo encuentra.

Lo coge y lo coloca en su sitio: *Bienvenidos a nuestro hogar.*

—Ahora sí.

Y ambos ríen, y se abrazan, y se aprietan allí en el rellano. Saltan a la vez sobre el felpudo.

Y se dan mil besos sobre él.

* * *

—Hola —dice Ale casi sin levantar la vista.

—Hola —contesta Ale casi sin mirar.

Los dos permanecen en la puerta, uno de ellos fuera, el otro dentro. Les separa el felpudo que pusieron con tanta ilusión el primer día que entraron allí.

—¿Puedo pasar?

Ale no habla, simplemente asiente.

Los dos entran en silencio en el comedor, uno detrás de otro, a la distancia suficiente para no rozarse ni por accidente. Y ambos recuerdan a la vez el momento en que entraron allí juntos. Con todas aquellas cajas de objetos a estrenar, con toda aquella ilusión.

—He dejado algunas cosas en esa caja de ahí y las fotos en la mesa... de todas formas revisa también nues... la habitación, por si hay algo en los cajones...

—Vale... gracias.

Ale huye hacia la terraza.

Ale camina lentamente por el pasillo y se detiene en la habitación de su hijo. Entra y se sienta en la cama.

Y mientras abraza el pequeño dragón de peluche recuerda todos los momentos que han pasado ahí juntos los tres: aquellas noches donde siempre se dormía antes quien contaba el cuento que quienes lo escuchaban; la imagen de su hijo intentando no cerrar los ojos para poder vencer al sueño, las pesadillas nocturnas durante el primer año, las noches de tormenta, los despertares de domingo...

Sabe que podría quedarse ahí toda la vida: reviviendo aquellos momentos.

Lentamente se levanta, deja el dragón en su sitio y se dirige hacia la que hasta ahora ha sido su habitación.

Una vez dentro observa todo lo que le rodea. Se da cuenta de que ha pasado un tercio de su vida ahí, en esos pocos metros cuadrados.

Ale le ha dejado una pequeña caja sobre la cama con su nombre. La coge pero ni siquiera la abre, no tiene ganas de descubrir los restos del cadáver de su relación.

* * *

Ale continúa en la terraza.

Se le hace eterna la espera, quiere que su expareja salga cuanto antes de allí, de su casa, que se lleve lo que quiera, pero que se vaya. Lo necesita, necesita sentirse a solas para saber que todo ha terminado.

De pronto escucha pasos.

Los pasos se detienen en el comedor.

Pasan los minutos.

Muchos.

Ale se asoma lentamente desde la terraza al comedor para ver si ha ocurrido algo. Descubre a su expareja sentada en el sofá, con un álbum de fotos en la mano. Está llorando.

* * *

Ale vuelve a la terraza, se agarra a la barandilla y la aprieta con fuerza entre sus manos. Comienza también a llorar.

Pasan los minutos sobre dos vidas que a pesar de estar físicamente a unos metros, se han alejado tanto en afecto que parecen dos desconocidos.

Después de ver todas las fotos Ale decide no coger ninguna, cierra la tapa de la caja, introduce todos los álbumes y la deja allí, sobre la mesa del comedor.

Se levanta, se limpia con el brazo las lágrimas y se dirige hacia la terraza.

Aparta con delicadeza la cortina y se acerca tímidamente hacia la barandilla.

Se queda ahí, junto a su expareja, mirando hacia la nada.

Tras una eternidad...

—Creo que ya está todo... —rompe el silencio Ale.

—Vale... de todas formas si quieres mirar algo más... no hay prisa.

—No, no te preocupes, si encuentras algo más ya me lo dices, lo vas dejando en una caja... y ya pasaré...

—Vale...

—Vale...

Silencio.

Más silencio y más intenso.

—Pues...

—Sí...

Alejandro se queda mirando a la nada, intentando no llorar, intentando que sus lágrimas no se escapen. Pero no puede evitarlo.

Alejandra, que también llora, se gira lentamente hacia él.

Y ambos rostros se duelen con la mirada.

Y ambos, casi sin darse cuenta, de forma inconsciente porque durante muchos años sus cuerpos han estado juntos, alargan sus brazos y se cogen de las manos.

Se aprietan los dedos de esa forma tan extraña, tan única, tan suya. Como lo hacían al principio cada vez que se iban a pasear, cada vez que caminaban por la montaña, cuando estaban en el cine, en el teatro, cuando se subían a las atracciones y uno de los dos gritaba de miedo y el otro le decía: *no pasa nada, no te voy a soltar nunca...*

Saben que no volverán a coger la mano así a otra persona, que al menos, eso será siempre suyo.

Alejandro mira de nuevo hacia el frente, llorando.

Alejandra mira de nuevo hacia el frente, llorando.

No dicen nada.

Ahora mismo solo hay silencio entre dos personas que llegaron a ser solo una.

Y de pronto uno de los dos, da igual quién, Alejandro o Alejandra, Alejandra o Alejandro, lanza una pregunta en voz alta, una pregunta que resume todo lo ocurrido, absolutamente todo:

¿Te acuerdas de cuando era divertido?

* * *

Y de pronto, al mirar al edificio de enfrente, Alejandro sonríe.

Y Alejandra, al verlo, también sonríe.

—¿Te acuerdas de la primera vez que hicimos el amor ahí? —le pregunta mientras señala con su mirada el portal que está justo frente a ellos.

Un pequeño silencio.

—¿Cómo no me voy a acordar? —le contesta Alejandro mientras le aprieta aún más la mano—. Qué mala leche tenía aquel perro. Al final casi me muerde.

Los dos se ríen.

—Teníamos tantas ganas de hacerlo que no pensamos que alguien pudiera interrumpirnos.

—Pero... ¿quién iba a pensar que aquella mujer había salido a pasear el perro con lo que estaba nevando?

—Nunca podré olvidar su cara al vernos en el portal —sonríe Alejandra—. Nos pilló desnudos. Parecía que hubiera visto un fantasma.

—¡Y con el frío que hacía! ¿Te acuerdas?

—¿Si me acuerdo? Estuve corriendo por la nieve hasta que conseguí que el perro se cansara. Nunca ha vuelto a nevar tanto como aquel año.

—Sí, fue precioso aquel año. El año en que nos conocimos —sonríe—. Había tanta nieve que no se veían ni los columpios.

—Y aun así conseguí hacerte un ramo de flores —llora Alejandro mientras mira a los ojos a Alejandra.

—El ramo más bonito que me han regalado nunca —llora también Alejandra.

—Me costó encontrarlas, no te creas... —le aprieta la mano, se aprietan ambos las manos.

—Lo sé... Siempre me he sentido fatal porque al final se me cayó al suelo.

—Bueno, el ramo ya estaba destrozado antes de que se cayera —ríe Alejandro.

—Y aun así nunca me han hecho un regalo tan bonito...

Se aprietan las manos mientras miran hacia el edificio de enfrente, hacia el cuarto piso.

* * *

—¿Y te acuerdas de aquel día que hicimos el amor ahí enfrente, en casa de tus padres y se nos olvidó apagar la luz?

—¡Que si me acuerdo! —ríe—. No te imaginas la de veces que he mirado a esa ventana y he vuelto a vivir aquel momento.

Lo que Ale no dice es que en realidad lleva meses asomándose a esa terraza recordando el pasado, reviviendo en su cabeza todos los momentos felices que compartieron juntos.

—Entonces seguro que aún te acuerdas de lo que nos gritaron...

Y de pronto, los dos se miran, abren sus bocas y dicen las mismas palabras a la vez.

—¡Venga, venga, dadle duro ahí! ¡Menudo polvazo!

Y se ríen, y se aprietan las manos.

Durante los siguientes minutos Alejandro y Alejandra continuarán recordando el pasado: las mañanas y tardes en el parque, en los columpios; todos los viajes que hicieron juntos sin saber ni siquiera adónde iban; las batallas de cosquillas en el sofá, las guerras de almohadas en la cama; besarse en cada semáforo en rojo hasta que cambiaba a verde; las caras raras que ponían en los fotomatones, hacer el tonto frente a un espejo, jugar al escondite en la casa...

Y así continuarán hasta el momento en que sus miradas apuntan hacia un lugar determinado del parque. Un lugar donde hay tres árboles que no dejan ver nada de lo que ocurre en su interior.

—No te imaginas la ilusión que me hizo cuando lo vi por primera vez. ¿Sabes que aquella noche ni siquiera dormí? —sonríe Alejandra.

—Nuestro corazón en el árbol —sonríe Alejandro.

—Al principio íbamos todas las semanas a repasarlo, ¿te acuerdas? Yo incluso le quité una pequeña navaja a mi padre y siempre la llevaba en el bolso —sonríe Alejandra.

—Sí, teníamos miedo de que se borrara.

—Me encantaba, me encantaba. Cada vez que iba o volvía a casa pasaba por ahí para verlo.

En ese momento ambos se quedan en silencio.

—Ya casi no se ve... —dice Ale.

Alejandro y Alejandra, entre lágrimas, se miran. Saben que a partir de ese momento sus vidas existirán por separado, que después de tantos años juntos ha llegado el final de su historia.

Y ambos se abrazan por última vez en una terraza desde la que tantas veces han echado de menos el pasado.

* * *

Gracias.

Esta es una de mis palabras preferidas, gracias.
Gracias por estar ahí libro tras libro.

Gracias por todos los mensajes y muestras de cariño que me
hacéis llegar tanto por redes como presencialmente en las firmas.

Sé que esta es una novela un tanto incómoda,
y quizás por ello necesaria.
Siempre intento elegir temas que os emocionen, que os
transmitan sentimientos a través de las palabras.
Espero haberlo conseguido también en esta ocasión.

Os animo, como siempre, a escribirme para contarme
qué os ha parecido esta pequeña historia.

eloymo@gmail.com

Gracias.